TONI BRANDÃO

OXENTE!

A MULHER ENTERRADA VIVA

© Editora IBEP, 2016

Edição Célia de Assis e Camila Castro
Revisão Beatriz Hrycylo
Salvine Maciel
Projeto gráfico Departamento de arte IBEP
Ilustração de capa Fido Nesti
Finalização de arte Tomás Troppmair

CIP-BRASIL. CATALOGAÇÃO NA PUBLICAÇÃO
SINDICATO NACIONAL DOS EDITORES DE LIVROS, RJ

B819o

    Brandão, Toni
Oxente! A mulher enterrada viva / Toni Brandão. - 1. ed. - São Paulo : IBEP, 2016.
(Brasil de Arrepiar)

    ISBN 978-85-342-4832-7

    1. Ficção infantojuvenil brasileira. I. Título. II. Série.

16-31604   CDD: 028.5
                                                                                     CDU-087.5

21/03/2016 22/03/2016

Esta é uma obra de ficção.
Qualquer semelhança
com nomes, lugares ou
acontecimentos reais terá
sido mera coincidência.

1º edição - São Paulo - 2016
Todos os direitos reservados

Av. Alexandre Mackenzie, 619 – Jaguaré
São Paulo – SP – 05322-000 – Brasil – Tel.: (11) 2799-7799
www.editoraibep.com.br   editoras@ibep-nacional.com.br

Reimpressão Março 2022, Gráfica Impress

Para os meus queridos Ana Clara e Leonardo e para minha querida irmã Mirtes (a "Didi" de Ana Clara e Leonardo), que me emprestaram seus nomes e sua maneira de ver o mundo.

Mistério sempre há de pintar por aí...
"Esotérico", Gilberto Gil

OS ARREPIADOS

A LUZ FORTE CEGA, como se fosse uma câmera fotográfica pipocando um flash muito perto dos olhos de quem é fotografado... se não cega, impede que se veja de onde vem a luz. Uma luz amarela. Será a luz do Sol? Pode ser. Pela intensidade da luz amarela, deve ser o deserto. Não dá para ver o céu, mas dá para ver que o chão está coberto de areia... que tem montes gigantes de areia por toda parte... e que está quente! Muito quente! Vão aparecendo na areia pegadas de pés descalços.

O calor é de rachar... o ar está parado... não dá para ver quem está andando sobre a areia. Dá para sentir que essa pessoa que não está sendo vista anda devagar. Será que é mesmo uma pessoa? Pode ser que não seja... ou que seja alguém invisível. É isso: alguém invisível, do nada, está desenhando pegadas de pés descalços na areia quente de um deserto...

Não é deserto, não. Dá para ouvir o barulho da água do mar... bem longe, mas dá para ouvir o mar... Espera aí: além do barulho do mar, tem um outro barulho. Água pingando? Ou algo parecido. Barulho metálico. Água enferrujada? Não, não é água... e também não está pingando. É a corda de um instrumento fazendo um som como se alguém tocasse nessa corda sempre do mesmo jeito... e sem parar.

Um som curto com um eco longo, seco e que se multiplica, mas não vira música.

– Ei...

Parece que os passos seguem o ritmo marcado pela corda metálica... Não, é o contrário! O som metálico é que está seguindo os passos...

– ... Ana Clara...

Os passos começam a andar mais depressa... O som metálico fica mais rápido... os passos correm...

– ... Léo...

... O som metálico fica ainda mais rápido... Os passos correm mais ainda... o som também... agora, não dá mais para ter dúvida: os passos estão fugindo do som...

– ... Estamos chegando, Ana...

... O som está cada vez mais perto dos passos...

– ... Está me ouvindo, Léo?

... Os passos estão perdendo a força, deve ser por causa do calor... som não sente calor...

– Ei, vocês dois...

... O som está quase alcançando os passos... quase alcançando... quase alcançando...

– ... Acordem!

Ana Clara e Léo despertam ao mesmo tempo. E ao mesmo tempo pulam assustados nas poltronas do avião onde estão sentados. Se olham e cada um diz o nome do outro, como se quisessem conferir se estão mesmo ali, e bem.

– Ana!

– Léo!

Didi, tia da dupla que está viajando com eles, acha tudo estranho: desde o despertar ao mesmo tempo, passando pelos pulos gêmeos, a troca de nomes... Didi acha ainda mais estranho o que ela acaba de perceber:

– Vocês dois acordaram arrepiados!

Ana Clara e Léo conferem se Didi fala a verdade, se eles estão mesmo arrepiados... e estão! Tanto os cabelos escuros e longos de Ana Clara quanto os cabelos claros e curtos de Léo.

– Eu só chamei vocês porque o avião já está chegando em Salvador e o comandante disse que é para colocarmos as poltronas de volta na posição vertical. Ainda bem que estamos chegando, eu estava quase vomitando. Quando será que eu vou me acostumar a voar?

Ao acionar o comando para colocar a sua poltrona na posição vertical, Ana Clara tenta explicar o porquê de ter acordado daquele jeito.

– Eu estava tendo...

Percebendo a maneira enigmática como Léo acompanha a sua frase, a garota tem até medo de concluir o que ia dizer. Quem faz isso é o próprio Léo, enquanto coloca a sua poltrona no lugar.

– ... um pesadelo?

Como se estivesse empurrando a porta de um quarto escuro e desconhecido onde ela é obrigada a entrar, Ana Clara confirma:

– Hum-hum.

E como se estivesse sendo empurrado para dentro desse mesmo quarto escuro e desconhecido, Léo confirma:

– Eu também.

– Vocês estão me deixando assustada!

Ana Clara e Léo não prestam a menor atenção na exclamação da tia.

– Como era o seu pesadelo, Léo?

Esbarrando nas teias de aranha penduradas no quarto escuro, Léo começa a responder lentamente à pergunta da prima.

— Pés descalços — pela expressão dele, preferia não falar disso — marcando pegadas... fugindo... de um som esquisito...
— Em um lugar quente... abafado... e cheio de areia!

Didi não sente um bom presságio ao perceber que Ana Clara completa o pesadelo de Léo. Ainda mais porque a garota usa o mesmo tom cuidadoso e o mesmo jeito de quem preferiria não estar dizendo o que diz.

— Como é que você sabe detalhes do pesadelo do Léo, Ana?

É para Didi que Ana Clara responde, mas é para Léo que ela olha.

— Simplesmente porque eu sonhei exatamente a mesma coisa que ele.

Leva alguns segundos para Didi conseguir falar alguma coisa. E a conclusão a que chega não é muito esclarecedora.

— Como é que um sonho pode brotar ao mesmo tempo em duas imaginações?

Ana Clara e Léo ficam quietos. Eles não têm a menor ideia de que resposta dar à tia. Didi tenta se convencer com um pensamento um tanto quanto superficial:

— Não, isso não é possível.

Não é possível, mas foi exatamente assim que tudo começou: enquanto voavam com tia Didi de São Paulo para Salvador, os primos Ana Clara e Léo tiveram o mesmo pesadelo. E exatamente ao mesmo tempo.

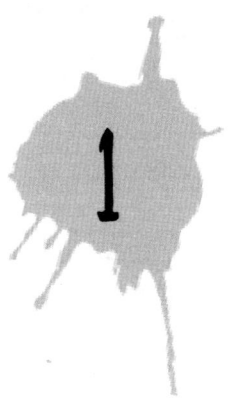

Verão de Salvador. 45 graus na sombra, dentro do *freezer* e ainda sentado em cima de uma pedra de gelo. As meias ensopadas fazem os pés escorregarem nos tênis. As pernas de Léo grudam na bermuda úmida. Manchas de suor desenham na camiseta formas indecifráveis. Desde que chegou à cidade, há poucas horas, o garoto está sentindo o maior calor.

– Eu disse que era pra você calçar sandálias, Léo. E usar uma bermuda mais fresca, não essa escura e cheia de bolsos.

Um a zero para Ana Clara, que já está abrindo a segunda garrafinha de água mineral para se manter hidratada. Mas Léo não quer dar o braço a torcer.

– Daqui a pouco, o meu corpo se acostuma com esse calorão e eu evaporo.

Ana Clara arregala os olhos grandes e ajeita melhor as alças da mochila que traz presa às costas.

– O que foi, Ana?
– Não foi nada.

Foi tudo. Quando Léo disse que evaporaria, a garota sentiu um aperto no coração, um arrepio no couro cabeludo e por, um milionésimo de segundo, ficou parecendo que a calçada fumegante e a agitada praça onde eles estavam sumira. Ana Clara teve até que apertar um pouco mais as próprias sandálias no chão para ter certeza de que era só impressão.

– Você fez uma cara, Ana...

Mesmo percebendo que a calçada continuava ali, a sensação de aperto no coração e o arrepio de Ana Clara não diminuíram muito.

– Acho que eu preciso de um sorvete, Léo.

A ideia da prima anima tanto o garoto que ele se esquece do enigma que estava estampado no rosto de Ana Clara e concorda com ela.

– Boa ideia... ainda mais pra mim, que não gosto muito de beber água.

É nesse momento que Didi volta a prestar atenção na pequena conversa dos sobrinhos. Ela estava atenta à dona da barraca onde eles estão parados. Uma senhora de vestido branco, comprido e rodado, com um turbante branco na cabeça – o traje típico das baianas – e que está amarrando no pulso de Didi uma fita estreita e vermelha onde está escrito "Lembrança do Senhor do Bonfim da Bahia".

– Obrigada, senhora.

– Que Oxalá a proteja, minha filha!

Didi sorri para a baiana e se concentra nos sobrinhos.

– Posso saber qual foi a ideia que você teve, Ana?

– Tô morrendo de vontade de tomar um sorvete, Didi. A água não está sendo suficiente pra matar minha sede.

É muito difícil para Didi resistir ao jeito dengoso de Ana Clara, que usa para dizer que está com sede um tom bastante infantil para sua idade. Além disso, a garota arregala um pouco mais os olhos espertos, mostrando que aquela infantilidade toda é só uma estratégia, o que deixa o dengo ainda mais irresistível para a tia.

Apertando com um beliscão a bochecha esquerda da sobrinha, Didi começa a se render.

– Ah, meu amor... você sabe que sorvete não mata a sede...

Um tanto quanto envergonhada, mas também feliz com a manifestação de carinho da tia, Ana Clara sorri.

– Mesmo assim, eu e o Léo queremos sorvete.

– Bem, eu também quero. Ainda mais agora que meu enjoo do avião já passou.

– Passou mesmo?

– Acho que vomitar me fez bem... credo! Mas, antes do sorvete, me digam: o que os dois pediram ao Nosso Senhor do Bonfim enquanto a baiana amarrava as fitinhas nos pulsos de vocês?

Os primos olham para as fitas estreitas e coloridas amarradas em seus pulsos. Ana Clara tinha amarrado uma fita verde no pulso esquerdo. Léo, apesar de ter ficado bastante incomodado com a maneira enigmática como era observado pela baiana, deixou que ela colocasse em seu pulso direito uma fitinha amarela.

Ana Clara é a primeira a responder a Didi.

– Nada, não.

Ou melhor, a única a responder. Léo só dá um sorriso. E bem falso. Didi desconfia que ele está escondendo algo.

– Aos sorvetes!

Mesmo que Ana Clara e Léo sejam praticamente do tamanho de Didi, ela pega os dois pelas mãos e deixa a barraca da baiana das fitinhas para trás. Cruza a agitada! colorida! quente! praça Cairu, onde outras barracas vendem doces, salgados e lembranças típicas da Bahia. Além das barracas, homens sem camisa, descalços e com calças brancas ocupam parte da praça jogando capoeira numa roda, a luta que mais parece uma dança.

Se praças transbordassem por estarem cheias, a praça Cairu estaria derramando gente. Passam por ela centenas de pessoas, de todos os tipos, de diversos lugares do Brasil e do mundo, vestidas de todas as cores.

— Vejam como a maioria das pessoas que nós estamos vendo são negras ou pardas. A maior parte dos que não são negros ou descendentes de negros são europeus ou orientais e se vestem com cores vivas e carregam câmeras fotográficas.

Quando chegam mais perto de um grupo de capoeiristas, Léo e Ana Clara se assustam, trocam olhares, disfarçam e cochicham:

— Foi esse som, não foi, Ana?

— Hum-hum.

Os primos se referem ao som metálico que sai do instrumento que embala a ginga da capoeira. É o mesmo som que eles ouviram no pesadelo. Ele vem de um instrumento colorido, uma vara fina de madeira envergada por um fio de arame e que tem algo que parece um coco em uma das pontas. Como os primos combinaram não comentar mais o assunto — pelo menos não na frente de Didi, que ficou muito impressionada com o pesadelo simultâneo —, eles resolvem guardar para si a descoberta. Quer dizer, Léo resolve guardar para si. Ana Clara não consegue:

— Que instrumento é esse que os capoeiristas estão tocando, Didi?

— É o berimbau.

— Aquilo na ponta é um coco?

— Não, é uma cabaça, um fruto oco e duro, de vários tamanhos e que nasce numa trepadeira. Aqui no Nordeste ele é usado pra fazer cuias, bacias e também alguns instrumentos musicais.

Didi, Ana Clara e Léo continuam atravessando a praça e passam por violeiros que parecem ter vindo do século passado. Eles tocam e cantam ao vivo e sem microfone. Têm até de gritar para competir com o som dos CDs de *axé music* que sai de algumas barracas.

— E aí, vamos entrar no Mercado?

Eles estão na frente do Mercado Modelo, que funciona na praça Cairu e é o maior centro de venda de artesanato e de produtos típicos de Salvador.

— Eu estou me lembrando da última vez em que estive aqui... Lá dentro do mercado tem um sorveteiro que vende sorvetes de graviola... de-li-ci-o-sos!

Observando o prédio amarelo e antigo que por fora parece um pequeno estádio de futebol, Ana Clara exibe um pouco da longa pesquisa que fez na internet, antes de ser convidada pela tia para acompanhá-la a Salvador.

— Didi, você sabia que o Mercado Modelo já pegou fogo pelo menos duas vezes?

— Não, Ana, eu não sabia.

Vendo que está agradando, Ana Clara resolve se exibir um pouco mais.

— E que foram descobertos, há pouco tempo, no subsolo do mercado, túneis e esconderijos alagados que...

Didi aperta a mão de Ana Clara com um pouco mais de força do que vinha fazendo.

— Deixe de bobagens, Ana!

Ana Clara não percebe, mas Didi olha para os lados antes de repreendê-la, como se procurasse algo, ou alguém. O que Ana Clara percebe é que a tia nunca tinha falado com ela naquele tom quase bravo, nem apertado sua mão com tanta força, desde que a garota se conhece por gente.

— Tudo bem, Didi.

Quando finalmente chegam à porta de entrada do mercado, um dos violeiros chama a atenção de Léo e Ana Clara, que param para ouvi-lo, fazendo com que Didi também seja obrigada a parar.

Ou já é o fim do mundo,
ou o começo do fim.
Quem tiver amor à vida
deve acreditar em mim.

Enquanto escuta a melodia simples e o canto quase falado, Ana Clara repara em alguns detalhes: o homem já tem uma certa idade, se veste com calça, camisa e sapatos simples e bem velhos...
– ... Ele é cego, Didi.
Didi concorda com a cabeça:
– É, sim... isso o que ele está cantando chama-se repente, e ele, repentista. Ele vai inventando na hora o que falar. No Nordeste, há muitos repentistas.
E o repentista continua:

Se tu tem amor à vida,
é melhor não dizer nada!
Pra não acabar que nem
mulher viva enterrada.

– Parece que ele tá falando com você, Didi!
Didi se assusta, mas disfarça.
– Deixe de bobagens, Ana!
É a segunda vez, em pouquíssimo tempo, que Didi repete para Ana Clara uma frase que nunca tinha usado: *deixe de bobagens, Ana!*

– Vamos, venham!

Puxando novamente os sobrinhos pelas mãos, Didi entra no Mercado Modelo, onde quase trezentas barracas e barraqueiros vendem – ou tentam vender – tudo o que se pode imaginar: potes de cerâmica, quadros de madeira entalhada, esculturas de barro, arranjos de pedras semipreciosas e prata, roupas de couro, rendas, redes, tambores de todos os tamanhos e cores, cestos de palha, toalhas e colchas bordadas, bonecas vestidas de baiana, amuletos religiosos, imagens de santos, frutas de formas e cores pouco conhecidas por Ana Clara e Léo.

– Quanta coisa que eu nunca tinha visto! Tô me sentindo pequena, Didi!

Didi concorda com Ana Clara. Atravessar um lugar como aquele, enorme, com tanta gente, com tantas cores e formas diferentes de manifestar cultura, faz qualquer um se sentir pequeno.

– Chegamos!

Em menos de dois segundos, Didi, Ana Clara e Léo estão desembrulhando os picolés de graviola.

– Agora... uma surpresa!

Ainda tentando – e conseguindo, mesmo com os sorvetes! – manter as mãos dos sobrinhos presas às suas, Didi sobe com Ana Clara e Léo ao segundo andar do mercado, parando numa enorme varanda da qual se tem uma visão estonteante do céu e mar azuis e reluzentes, tão reluzentes como não se vê igual em nenhum outro lugar do mundo.

– Dizem que Salvador é uma das cidades com mais luz natural do planeta.

Só os pequenos barcos e escunas interrompem o azul total do mar. Da varanda também dá para ver parte da praça e a entrada do mercado.

– Bem-vindos à Baía de Todos-os-Santos! – diz Didi.

Não é só por causa do calor que Léo está quieto há um tempão. E nem pelo monte de informações culturais que Didi e os seus próprios olhos estão fazendo entrar dentro da cabeça dele, como se aquele passeio fosse um videoclipe.

– Posso saber por que você não está dizendo nada há mais de cinco minutos, Léo?

– Oi?

O *oi?* que Léo responde à tia não é só por não ter escutado a pergunta. Ele precisa é ganhar tempo para conseguir falar o que quer sem fazer com que Didi entenda a profundidade do que ele dirá e não esconda a verdade dentro de alguma resposta escorregadia.

– Por que você está tão quieto, Léo?

A insistência de Didi revela a Léo que a tia notou alguma coisa.

– Você quer que eu seja sincero... ou simpático?

Didi se sente em perigo.

– Eu preferia que você fosse simpático.

Pela maneira como ela fala, Léo entende que Didi prefere que ele seja sincero.

– Tem alguma coisa errada, Didi.

– Tem?

A pergunta de Didi só confirma o que Léo estava pensando.

– Você não disse que assim que chegássemos a Salvador sua amiga Mônica ia nos encontrar no hotel, e que você ia trabalhar com ela, preparando a palestra que vocês farão no congresso, enquanto eu e a Ana Clara ficaríamos na piscina até vocês voltarem?

De fato, Didi disse tudo isso... e não fez nada disso! Assim que chegaram ao hotel, Didi recebeu uma chamada em seu celular, pediu que Ana Clara e Léo mudassem de roupa e saiu com eles para o Mercado Modelo. E o que é pior: Didi não disse aos sobrinhos o porquê da mudança de planos, o que teria deixado bastante natural o que para Léo está parecendo *pouco* natural.

— Você quer que eu seja simpática... ou sincera, Léo?

Léo não diz nada. Só continua olhando para Didi com uma expressão bem séria.

— Vou ter que ser sincera, então.

E, para ser sincera, Didi diz que mentiu. Ana Clara se assusta.

— Mentiu "quanto"?

Mesmo estando tão curioso quanto a prima, Léo resolve tentar deixar as coisas mais fáceis para Didi, já que foi ele quem colocou a tia naquela situação.

— Deixa a Didi falar, Ana.

— Desculpa.

— Eu menti quando disse que o congresso de História começaria hoje, quinta-feira... Ele só começa na segunda-feira de manhã. Nós poderíamos ter vindo para cá no domingo à noite...

Até aí, a mentira de Didi não parece exatamente uma mentira. Se ela só chegasse a Salvador com os sobrinhos no domingo à noite, teria pouco tempo para apresentar a cidade a eles, já que a volta para São Paulo estava marcada para quarta-feira de manhã, logo após o fim do congresso.

Ana Clara começa a ficar aliviada...

— Ah, foi só essa, então, a sua mentira?

— Continua, Didi.

O pedido de Léo para que a tia continue faz com que a garota perceba que Didi ainda não terminou.

— Além de querer que você e a Ana Clara conhecessem Salvador, nós viemos porque eu... eu... marquei um encontro...

Ao ouvir a palavra "encontro", tanto Ana Clara quanto Léo se preocupam. E na mesma medida.

– Um encontro romântico...

Eles sabem que os encontros românticos de Didi costumam virar confusão. Ela está há muito tempo sem namorado fixo e tanto o pai de Léo como a mãe de Ana Clara – os irmãos de Didi – vivem dizendo que a irmã caçula não cria juízo. Que só arruma namorados confusos! Atrapalhados! E que a fazem sofrer.

– Como você o conheceu, Didi?

Enquanto responde à pergunta da sobrinha, a empolgação de Didi se mistura a uma pequena vergonha... pequena... bem pequena...

– Eu ainda não o conheci.

Ana Clara fica brava.

– Não me diga que você teclou com ele na internet?

Didi não precisa nem responder, o que faz Ana Clara ficar ainda mais brava.

– Outra vez, Didi?

– Mas desta vez foi diferente, Ana!

– Você ouviu, Léo?

Parece que Léo não ouviu.

– Léo?!

Nos últimos segundos, toda a atenção do garoto está voltada para uma cena que ele vê acontecer lá embaixo, na entrada do Mercado Modelo. Dois homens vestindo ternos cinza – trajes bastante incomuns praquele lugar! – e usando grandes óculos de sol com lentes espelhadas se aproximam do repentista cego. Um deles fala com ele, parecendo dar uma bronca nele. Em seguida, os dois homens olham para os lados, pegam o cego e seu violão e somem com ele na confusão da praça em frente ao Mercado.

— O que foi, Ana?
— A Didi marcou um encontro aqui, com uma pessoa que ela conheceu na internet.

Léo se concentra no que acaba de ouvir, mas não consegue esquecer o que acabou de ver.

— Outra vez?
— Mas desta vez eu tomei todos os cuidados... é um lugar público... iluminado... e eu estou superprotegida pelos meus dois sobrinhos!
— Quem é o cara, tia?
— Chama-se Jorge... Jorge Virtual. Ele disse que é produtor de uma banda de percussão que está começando, que ainda não faz sucesso no resto do Brasil, mas que aqui na Bahia é superconhecida. Ele até me mandou fotos, que estão no meu celular. E nos falamos pelo telefone várias vezes...

Vendo a maneira carinhosa como os sobrinhos acompanham sua história, Didi relaxa um pouco e sabe que pode parar de dar tantos detalhes.

— E vocês não vão deixar ninguém me fazer mal... ou vão?

Mesmo sabendo que é brincadeira de Didi – que é ela quem está cuidando dos sobrinhos, e não o contrário –, Ana Clara e Léo gostam do jeito como são tratados. Um jeito amigo, confiante. Quase de igual para igual.

— Deixa comigo, Didi.

Ana Clara corrige Léo:

— Deixa com a gente, Didi.
— A que horas você marcou com o tal Jorge Virtual?

Didi responde à pergunta de Léo já digitando um número no celular.

— Eu fiquei de ligar para ele quando a gente chegasse aqui no Mercado.

Ou melhor, Didi responde ao Léo *tentando* digitar.

– Droga, acabou a minha bateria outra vez!

Em poucos segundos, Léo e Ana Clara estão oferecendo os seus telefones para Didi. Os dois aparelhos são idênticos ao da tia. Aliás, foi ela quem deu os telefones de presente para eles. Ana Clara insiste:

– Pega o meu celular, Didi! Tô sempre com mais crédito do que o Léo.

– Obrigada.

Enquanto Didi e Ana Clara trocam de celular, Léo sente um arrepio e uma vertigem. É como se o chão da varanda tivesse sumido dos pés dele. Mais: é como se por alguns segundos não existisse mais a varanda, nem o maior mercado de artesanato do mundo, nem ninguém. Léo tem até que se apoiar em Ana Clara para não cair.

– O que foi, Léo?

Ana Clara fala baixo para que a tia não perceba, o que não é muito difícil, já que Didi está concentrada – concentradíssima! – digitando no celular o número do seu pretendente baiano.

– Senti uma tontura... acho que é o calor...

Dando uma corrida de olhos pela varanda, Léo percebe que tem dois banheiros – um masculino e outro feminino – na porta de um restaurante, a menos de dois metros de onde eles estão.

– Eu preciso ir ao banheiro, lavar o rosto.

– Acho que eu também... Bebi muita água...

Didi ouve os últimos comentários dos sobrinhos. Ela já tentou falar com Jorge Virtual, mas a ligação caiu na caixa postal, então deixou uma mensagem com o número do celular de Ana Clara.

– Quer vir comigo ao banheiro, Didi?

— Não, Ana, obrigada... O Jorge pode ligar e no banheiro os celulares não pegam tão bem. Aqui, já é meio difícil. A menos que você esteja com medo.

— Que nada!

— Esses banheiros são do restaurante. São limpos e seguros. Daqui eu vejo perfeitamente as duas portas, vocês não estarão correndo perigo algum.

Mesmo sentindo um aperto no peito, Ana Clara sorri para Didi.

— Espera a gente aqui, Didi.

Léo e Ana Clara vão para os banheiros ouvindo a última e óbvia orientação de Didi:

— Não demorem!

O tempo que Ana Clara fica no banheiro é mínimo, mas superior ao de Léo. Garotas costumam levar mais tempo para ir ao banheiro... E ela ainda atendeu ao pedido de uma menina que disse que não sabia ler e pediu a Ana Clara que lesse a indicação de como chegar a certo lugar.

Ao sair do banheiro enxugando as mãos no vestido – o banheiro era limpo, sim, mas estava sem papel-toalha –, Ana Clara leva o maior susto ao ver Léo esperando logo na porta, pálido, com os cabelos curtos mais arrepiados e com expressão de quem tem algo terrível a dizer.

Ana Clara sente um arrepio.

— Cadê a...

Léo nem espera o medo de Ana Clara se transformar em uma pergunta inteira.

— A Didi sumiu, Ana.

A PRIMEIRA COISA QUE Ana Clara consegue dizer quando começa a entender o que aconteceu é:
– Não sai de perto de mim, Léo.

O pedido da prima, além de aumentar a tristeza, multiplica a responsabilidade que Léo sente sobre Ana Clara.
– Pode deixar que eu cuido de você, Ana.

Ana Clara é alguns meses mais nova do que Léo. Mesmo assim, quando não tem um adulto por perto, é ela quem cuida dele. Para Léo, as coisas não são bem assim... De qualquer forma, esse não é um bom momento para falar sobre isso.

Vamos aos fatos: assim que Léo entrou no banheiro, um garoto do tamanho dele disse que não sabia ler e pediu que Léo o ajudasse a decifrar o caminho para chegar a um endereço...
– Pediram isso pra você, Léo? Pra mim, também.
– Mais uma coincidência.
– Coincidência, Léo? Se liga!

Quando saiu do banheiro, Léo não viu Didi. Perguntou por ela a um dos garçons do restaurante e...
– ... o garçom me disse que não tinha visto ninguém.

Em seguida, Léo procurou Didi pelo segundo andar do Mercado Modelo, sem se afastar muito das portas de saída

dos banheiros e discando do celular dele para o da Ana Clara, que, na hora da troca, tinha ficado com Didi, mas...
– ... só dava caixa postal.
Depois, o garoto perguntou a um segurança sobre a tia, começou a descer as escadas...
– ... mas eu não quis me afastar muito do banheiro onde você estava, Ana, e voltei.
– Obrigada, Léo.
O sorriso de Ana Clara ajuda Léo a ficar um pouco mais calmo. E a se sentir um pouco ridículo.
– Será que nós não estamos exagerando, Ana? A Didi pode ter ido só comprar sorvetes.
– Sem nos avisar?
– Nós estávamos no banheiro.
– Ela poderia ter entrado no banheiro feminino. Não, a Didi não se afastaria de nós por nada neste mundo.
Parece que Léo tem uma dúvida.
– ... Nem por ninguém?
– Você está querendo dizer que acha que a Didi nos deixou sozinhos pra ir se encontrar com o baiano da internet?
É quase gritando com o primo que Ana Clara responde à própria pergunta.
– Nem morta a Didi faria isso, Léo!
As lágrimas que ele vê nos cantos dos olhos da prima afastam a calma e trazem de volta a aflição de Léo.
– Desculpa, Ana. É que eu estou nervoso.
– Acho melhor você ficar nervoso de uma maneira mais inteligente.
Léo toma muito cuidado para dizer o que está pensando.
– Ana, tudo bem... A Didi não teria ido se encontrar com o cara sem nos avisar. Isso, se ele for um cara do bem.
– O que você está querendo dizer?

— Sendo simples e objetivo: que o Jorge Virtual pode ter sequestrado a Didi.

Não que esteja calma, mas Ana Clara consegue começar a pensar um pouco mais devagar.

— Qual era o endereço que o garoto pediu que você lesse para ele, Léo?

— Rua Padre Agostinho...

Mais uma vez Ana Clara completa a frase de Léo:

— ... número mil e oitocentos... Cidade Alta... Pelourinho...

... E Léo completa a prima e a si mesmo:

— ... não pegar o Elevador Lacerda... dar a volta pelo caminho da Cidade Baixa.

Era o mesmo endereço!

Ana Clara está chocada.

— Eles queriam nos atrasar!

Léo, nem tanto.

— Ou nos avisar?

Ana Clara acompanha o desvio de raciocínio que Léo propõe.

— Como era o garoto que pediu ajuda?

Pela resposta de Léo, os dois percebem que o garoto e a garota tinham a mesma idade que eles; que vestiam bermuda e camiseta azul-clara...

— Tem certeza de que ele também era ruivo, Léo?

— Claro que tenho... e de olhos verdes bem claros, igual à menina que você descreveu. E com o nariz meio arredondado...

— Ele também estava descalço?

— Sim.

— Impossível, Léo... Parece a mesma pessoa disfarçada ao mesmo tempo em dois banheiros!

— Quem sabe eram um casal de irmãos gêmeos?

Tem uma coisa que está deixando Ana Clara ainda mais intrigada.
– O quê, Ana?
– Eles não eram um pouco "velhos" para não saberem ler? As pessoas da nossa idade costumam estar na escola.
– Você não escuta a Didi dizer, toda hora, que no Brasil tem mais analfabetos do que mostram as estatísticas? E tem mais: a gente já entendeu que esses dois eram parte de um plano para nos atrasar ou para nos avisar de alguma coisa. Vamos adiante.

Um tanto quanto confusa, Ana Clara quer saber o que significa exatamente "ir adiante" nesse momento.
– Ligar para São Paulo, óbvio.

Ana Clara tira o celular da mão de Léo, quando o garoto já tinha começado a digitar.
– Espera, Léo...
– Nós temos que avisar nossa família.
– Avisar o quê?

Léo não sabe o que dizer. Ana Clara sabe.
– Nossos pais vão ficar desesperados se souberem que estamos aqui sozinhos, Léo...

A próxima pergunta do menino sai num tom confuso.
– Aonde é que você está querendo chegar com essa frase que acaba em três pontinhos?

A ideia que Ana Clara está tendo enche a cabeça dela de euforia.
– Posso pegar a bateria do seu celular?
– Liga dele em vez de tirar a bateria.
– Posso ou não posso?

A maneira como Ana Clara fala deixa bem claro que ela está começando a colocar algum plano em ação. Léo se interessa, e concorda:

— Pode.

Trocando a bateria descarregada do celular de Didi que ficou com ela pela bateria do celular de Léo, que, se não estiver cheia, pelo menos deve estar com um pouco mais de carga, Ana Clara responde à pergunta de Léo sobre a frase que terminava em reticências, os três pontinhos.

— Vamos procurar o telefone da Mônica, amiga baiana da Didi, na memória do celular que ela deixou comigo.

Parece que Léo preferia que ele tivesse tido a ideia.

— Deixa que eu ligo.

— Por quê? A ideia foi minha.

— A bateria é minha.

Ana Clara ignora tanto o tom autoritário de Léo como os argumentos dele.

— Droga!

A garota percebe que a bateria de Léo também está com pouca — pouquíssima! — carga. Léo fica intrigado.

— Mas... eu recarreguei a bateria antes de sair do hotel... E foi super-rápido, sinal de que ela estava quase cheia.

— Muito estranho!

Mesmo assim dá para Ana Clara localizar o nome de Mônica na letra "M" da memória do celular da Didi. Tem duas Mônicas. Ela seleciona a Mônica que tem a palavra Salvador escrita ao lado e aperta a tecla *send*.

— Tá chamando.

— Não faz uma voz muito infantil.

— Se liga, Léo.

— E não vai chamar a Didi de Didi.

— Alô? Mônica?... Oi Mônica, tudo bem?

Bip! O celular faz o primeiro sinal sonoro de que a bateria está acabando.

— Aqui é a Ana Clara, a sobrinha da historiadora doutora Mirtes Mesquita.

Quando vai dizer o nome, a profissão e o *status* da tia, Ana Clara faz isso de um jeito esclarecedor e detalhado ao mesmo tempo. A parte esclarecedora é para Mônica, do outro lado da linha. A parte detalhada, mastigando cada sílaba, é para que Léo perceba que ela já sabia muito bem que teria de dizer o nome e não o apelido da Didi. *Bip!* Se bem que os dois se enganaram. Do outro lado da linha, Mônica confirma, com um sotaque tipicamente baiano, que também chama a "historiadora doutora Mirtes Mesquita" pelo apelido:

— *Você é a sobrinha daquela maluca da Didi?*
Bip!
— Você se lembra de mim?

Quando esteve em São Paulo há mais ou menos dois anos, Mônica conheceu parte da família de Didi, inclusive Ana Clara e Léo.

— *Claro que lembro... Espere: está me ligando por quê? Está tudo certo aí em Sampa?*

Depois de ouvir e entender que a ligação não veio de São Paulo e que as coisas não estão tão certas assim, Mônica fica surpresa.

— *Oxente!*

E orienta os meninos:

— *Você e seu primo Leonardo fiquem aí mesmo, exatamente em frente ao restaurante. Não deem um passo e não falem com ninguém. Se alguém chegar perto de vocês, chamem a polícia, gritem, mordam... Em um minuto eu chego, tá ouvindo?*

Não tem o mínimo tom de arrogância quando Mônica completa sua orientação com o *tá ouvindo?*. Pelo contrário,

a maneira como ela fala é bastante carinhosa. O final da frase é somente um reforço.
— Pode deixar...
Nem dá tempo de Ana Clara concluir. O celular dá um sinal sonoro um pouco mais longo — *biiiiiip!* — e a ligação é interrompida.
— Estamos totalmente sem bateria, Léo.
Léo fica envergonhado.
— Não sei o que aconteceu, juro.
— Eu só disse que estamos sem bateria. Não é hora de brigarmos.
Mônica leva quase meia hora para chegar, mas chega. E encontra Ana Clara e Léo tão tristes quanto confusos, sentados no canto do último degrau das escadas que levam ao segundo andar do Mercado Modelo. Cada um com um celular sem bateria nas mãos. Enquanto veem Mônica se aproximando, Ana Clara pensa em algo, sente um arrepio e, sem saber muito bem a razão, cochicha para Léo:
— Tome cuidado com o que você vai dizer...
Léo se assusta com mais essa advertência terminada em reticências, mas não tem tempo de questionar, nem de confirmar que tomará cuidado. Mônica abraça os dois com uma animação um tanto quanto dramática e quase fica presa nas alças da mochila de Ana Clara.
— Perainda...
Mônica é uma morena tão jovem quanto Didi, mas mais bonita do que ela. Tem os lábios grandes, os olhos puxados e usa um vestido longo de cores fortes, como se fosse uma roupa africana. Seus cabelos são carregados de trancinhas.
— Isso é sério demais! — diz ela.
Mônica escuta o resumo que Ana Clara e Léo fazem

da história com toda a atenção, mas também fazendo certo esforço para acreditar.

– Parece coisa de filme!

E olha que Ana Clara e Léo nem comentaram o sonho! E que os garotos que tentaram manter os dois nos banheiros eram exatamente iguais! A história fica mesmo em torno do possível encontro com o Jorge Virtual, do desaparecimento de Didi e do pedido de identificação de um endereço no Pelourinho, o centro histórico da Cidade de Salvador.

– Filme de suspense!

É Ana Clara quem conclui:

– Durante esse tempo que nós ficamos esperando você, Mônica, eu tentei ligar a cobrar de um orelhão para o meu celular, que está com a Didi, mas só dava caixa postal.

Mônica tenta ligar de seu próprio celular para o celular de Ana Clara.

– Caixa postal.

Ela também tenta, em sua memória – não na memória de seu celular – buscar a lembrança de algum Jorge.

– Jorge... Jorge...

– Nós pensamos em ver as fotos dele no celular da Didi, mas estamos zerados de bateria.

Dessa vez, uma troca de baterias não vai adiantar. O celular de Mônica é de uma marca diferente, e incompatível.

– Jorge... Jorge...

As ideias na cabeça de Mônica parecem estar se juntando...

– Jorge.... Grupo de percussão...

... se juntando em um raciocínio...

– Ao Pelourinho... já! Eu conheço uma pessoa que talvez possa nos ajudar. Na subida do elevador, vamos combinando tudo... vam'bora!

Parece que Léo e Ana Clara não se animam muito, eles nem saem do lugar.

– Oxente! O que foi?

Antes de começar a falar, Ana Clara consulta Léo com o olhar.

– Pode falar, Ana.

– Quando o garoto e a garota nos pediram informações, nos dois casos, os bilhetes terminavam dizendo que era pra pessoa não ir pelo Elevador Lacerda... Se isso era um aviso ou uma ameaça para nós, é melhor não irmos pelo tal elevador, não acha?

Mônica não acha. E dando uma sonora e segura gargalhada, ela tenta tranquilizar os sobrinhos de Didi.

– Quero ver quem vai ter coragem de mexer com a gente.

Exatamente como havia feito Didi, Mônica pega Ana Clara e Léo pelas mãos, desce com eles as escadas que levam até o primeiro andar do Mercado Modelo, explicando que o Elevador Lacerda é supermovimentado.

– É um dos pontos turísticos de Salvador. Ele faz a ligação entre a Cidade Baixa, onde fica o Mercado Modelo e a partir de onde se vai para a periferia de Salvador, e a Cidade Alta, onde fica o centro histórico, com as igrejas centenárias e o Pelourinho.

A amiga de Didi faz uma pausa na explicação para localizar-se no meio do labirinto de pequenas barracas do primeiro andar do Mercado Modelo.

– Vamos por aqui...

Alguns passos depois, os três avistam uma barraca de sucos de frutas tropicais comandada por um simpático homem alto, forte, negro, ainda jovem, com alguns tons de pele mais escuros do que a de Mônica, mas com os mesmos olhos puxados e boca grande como ela.

— Aquele é meu tio Berimba.

Chegando na barraca de frutas, Ana Clara e Léo começam a entender a segurança de Mônica.

— Vou pedir pra ele ir com a gente até o Pelourinho.

Berimba abre um sorriso simpático e cumprimenta Mônica, com sotaque baiano.

— Diga lá, Fátima!

Fátima? Ana Clara e Léo se olham surpresos ao verem Berimba chamar Mônica de Fátima. E ficam mais surpresos ainda ao perceberem que Mônica (ou Fátima) dá um pequeno beliscão de advertência em Berimba, que não entende aquele gesto muito bem. É cochichando que Ana Clara sugere ao primo:

— Não fale nada sobre o nome dela, Léo. Vamos ver onde isso vai dar.

— Tá legal.

Apresentando Ana Clara e Léo como sobrinhos de uma amiga sua, de São Paulo, Mônica-Fátima pede a Berimba para acompanhar os três até o Largo do Pelourinho. Berimba acha graça.

— O que você andou aprontando dessa vez, menina, que não pode andar sozinha no "Pelô"?

Mônica responde ao sorriso malicioso.

— Nada, não... Só uma coisinha ou outra, meu tio...

— Meniiiiina!

— Só até o Largo do Pelô, tio, é rapidinho...

— Vou pedir para meu vizinho olhar a barraca um tempinho.

Assim que saem do mercado, de volta à praça Cairu, Léo pede a Mônica que deixe ele ficar ao lado de sua prima. Mônica pensa um pouco antes de concordar.

— Tá certo. Mas vamos fazer assim: vocês dois vão no

meio. Eu vou ao lado de Ana Clara e meu tio vai ao seu lado, Leonardo.

– Pode me chamar de Léo. Só a minha bisavó me chama de Leonardo. Ela não consegue se lembrar de apelidos, sabe?

O que foi sugerido por Mônica é colocado em prática e facilita a conversa entre os primos. Hora de cochichar novamente.

– E se esses dois estiverem nos...

– Psiu...

Ana Clara pede que Léo fique quieto e preste atenção em volta deles, em uma cena muito estranha que ela está vendo.

– Olha ali, Léo.

Seguindo o olhar de Ana Clara, Léo enxerga um daqueles homens de terno cinza com óculos de sol espelhado que ele tinha visto levando o repentista cego.

Dessa vez, o homem está pegando pelo braço uma baiana que vende fitas de lembrança de Nosso Senhor do Bonfim. Bem que Léo tenta cochichar:

– Ele está levando a baiana que vendeu as fitinhas pra gente!

Mas o garoto não consegue e fala normalmente:

– Esse foi um dos dois caras que levaram o repentista cego!

Ana Clara está indignada.

– Levou o repentista cego pra onde, Léo?

– Hã?

– Por que você não me disse o que tinha visto...

Percebendo que estão chamando mais atenção do que ele gostaria, Léo responde voltando a cochichar:

– Melhor eu explicar depois, Ana.

Tarde demais! Mônica e Berimba ouviram pelo menos o final da conversa entre os primos.

– O que foi, Leonardo?

Léo tenta ganhar tempo.
— É Léo, Mônica.
É com um olhar bem sério que Mônica não se deixa enganar.
— Sim, mas o que foi que você viu, *Léo*?
— Eu... eu....
Com um tom muito mais investigativo do que respondendo a uma pergunta, Léo continua:
— Eu vi aquele homem de terno cinza levar pelo braço um repentista cego que estava cantando na entrada do Mercado.
Mônica e Berimba olham na direção para onde Léo apontou. Mônica fica confusa.
— Sabe quem é aquele homem, meu tio?
Berimba responde à sobrinha e aos primos ao mesmo tempo:
— Deve ser um fiscal da Prefeitura... Os fiscais estão impedindo quem não tem licença de trabalhar, por causa do pagamento de impostos, sabe?
A explicação satisfaz Mônica, Ana Clara e Léo, pelo menos provisoriamente. No caso de Léo, bem provisoriamente. Quando ele e seu grupo estão quase saindo da praça Cairu, o tal fiscal de impostos da Prefeitura passa por eles segurando a baiana das fitinhas pelo braço esquerdo, sem usar força, mas com decisão. Eles passam a uma distância suficiente para que Léo, discretamente, olhe para a baiana e receba dela, também discretamente, o mesmo olhar enigmático que ela lançou enquanto amarrava a fitinha no pulso do garoto, antes de Didi desaparecer.
— Muito estranho!
Além de olhar para Léo, a baiana fecha a mão direita — que ela tem livre do fiscal —, dobra o braço para cima e balança o antebraço e o pulso, fazendo o movimento de

quem tenta mexer uma pulseira sem colocar a mão nela. O que é mais estranho para Léo é que a mulher não está com nenhuma pulseira.

Léo está tão intrigado que somente quando Ana Clara o chama é que o garoto entende que, para chegar ao Elevador Lacerda, o grupo precisará atravessar uma avenida bem movimentada.

– Espera, Léo, o sinal está fechado.

De repente Léo se dá conta de que, diferentemente do pulso direito da baiana, o pulso direito dele não está vazio, e sim com uma fita de Nosso Senhor do Bonfim, amarrada exatamente por aquela baiana. Léo pensa em algo que o arrepia.

– Será?

Discretamente – para que nem Ana Clara veja, pelo menos por enquanto –, o garoto confere as duas faces da fita amarela amarrada em seu pulso.

– *Yeees*! Eu sabia.

Em um dos lados da fita, o que fica visível, está escrito com letras pretas impressas "Lembrança do Senhor do Bonfim da Bahia", como em milhares de fitas iguais... na outra face, a que fica por baixo e rente à pele, Léo descobre uma sequência numérica, escrita à mão.

3

AINDA BEM QUE, nos últimos minutos, Ana Clara e Léo se acostumaram a falar e a entender sussurros. Só assim os dois podem continuar conversando em segurança.

– Faz cara de que tá tudo bem, Ana.

– Certo... Mas será que dá pra você me dizer o que foi que você viu na saída da praça?

Essa troca de frases acontece quando os dois primos estão no saguão de entrada do gigantesco Elevador Lacerda.

Além dos primos arrepiados, de Mônica, de Berimba e de algumas pessoas aparentemente moradoras da cidade, um grupo de turistas japoneses, com câmeras penduradas no pescoço, esperam pelo elevador acompanhados por um guia turístico, também oriental e de cabelos vermelhos. Ele fala com o grupo em japonês, com o tom de voz elevado e sem parar de gesticular. Dois homens negros altos e fortes, usando camisetas com a palavra "segurança" escrita em letras maiúsculas, acompanham o grupo.

Uma coisa no comportamento dos turistas chama a atenção de Ana Clara, e ela cochicha para Léo:

– Os turistas não param de fotografar...

– Mesmo aqui dentro desse saguão, que não tem nada com cara de turístico.

Os cochichos de Ana Clara e Léo têm razão de ser. O lugar onde estão é um saguão de elevador como qualquer outro, só que enorme. Não tem uma fachada de igreja barroca ou casa colorida em estilo colonial, como as que os turistas encontrarão na Cidade Alta; nenhuma vista deslumbrante como a que acompanha a costa da cidade de Salvador. Naquele saguão abafado só tem paredes e chão, um tanto quanto sujos, pelo excesso de movimento.

Mônica, que ouviu o comentário de Ana Clara, tenta explicar:

– Esses turistas só querem fotos, fotos e mais fotos! Às vezes, eles chegam na praia e nem pisam na areia, ficam só na calçada, fotografando sem parar. Alguns nem colocam a cara pra fora dos micro-ônibus que os transportam.

Mais do que esclarecedor em relação ao comportamento dos turistas, a explicação da amiga baiana de Didi serviu para que Ana Clara e Léo percebessem outra coisa: Mônica estava ouvindo os dois mesmo quando eles cochichavam.

– Por que essas caras, meninos?

Léo e Ana Clara não respondem à pergunta de Mônica.

– Falei alguma besteira, foi?

Os primos continuam quietos.

– Desculpem se eu me intrometi na conversa de vocês. Se vocês falaram bem baixinho, é porque não queriam que eu ouvisse, certo?

O silêncio só confirma a suposição de Mônica.

– É natural que vocês queiram falar a sós... Também é natural que vocês façam essa cara de desconfiados. Mas fiquem tranquilos, eu não vou fazer mal nenhum aos sobrinhos da Didi.

A aparente sinceridade de Mônica deixa Ana Clara e Léo envergonhados.

— Desculpe, Mônica. Nós estamos um pouco confusos.

Sem sorrir ou fazer cara de brava, Mônica completa:

— Não precisava nem dizer, Léo... Isso está estampado em cada detalhe dessas carinhas lindas de vocês dois...

Mônica faz uma pausa. Pensa um pouco para escolher as palavras e continua:

— Claro que não posso forçar vocês a confiarem em mim, mas lembrem-se: foram vocês que me chamaram pra ajudar.

Ana Clara aproveita:

— Quem sabe se você disser o que está pensando em fazer, isso nos ajude a ficar mais tranquilos.

Léo concorda com a prima:

— É isso aí, Mônica. Quais são os seus planos?

— Tem um grande amigo meu, lá no Pelô, que conhece todo mundo das bandas de percussão. Ele vai poder nos ajudar a descobrir quem é esse tal de Jorge Virtual.

Chega um dos elevadores. O grupo de turistas começa a se acotovelar para entrar. Lá dentro, cabem mais de trinta pessoas. Assim como Mônica e Berimba, Léo segue o movimento da maioria. Mas Ana Clara, discretamente, puxa o primo pela camiseta suada, para que os dois se posicionem no elevador em um lugar onde fiquem distantes de Mônica e de Berimba. Léo logo entende a intenção da prima e não cria resistência. Conferindo Mônica com o canto de olho, Léo percebe que ela não gostou muito dessa distância. As portas se fecham e o elevador começa a subir.

Léo estranha outra coisa:

— Não tem janela! Eu pensei que a gente ia subir vendo o mar, igual ao bondinho, lá no Rio de Janeiro.

A conversa que Ana Clara quer ter com Léo, porém, não é nada turística.

— Se liga, Léo! Temos pouco tempo. O que aconteceu quando nós estávamos saindo da praça?

Tomando todo cuidado para que ninguém mais veja seu pulso, além de Ana Clara, Léo mostra para ela que há alguns números escritos em sua fitinha do Bonfim. Ana Clara tenta disfarçar o susto.

— Um código?

— Deve ser um número de telefone... a baiana das fitinhas fez questão que eu visse o número, enquanto ela era levada pelo... pelo...

Não entendendo o porquê da dificuldade de Léo em dizer "fiscal da Prefeitura", Ana Clara começa a ajudá-lo:

— Fiscal da...

Mas interrompe, ao perceber que Léo parou de falar no meio da frase porque viu, logo atrás deles, um homem com óculos de sol espelhado e cara de pouquíssimos amigos... Exatamente o homem que levou o repentista e a baiana das fitinhas!

— Fiscal da...

Isso assusta – e muito! – a garota. E a assusta ainda mais ver o homem mal-encarado caminhando na direção deles.

— Fiscal da Prefeitura!

Entendendo que Ana Clara fala sobre ele, o homem acha graça e solta uma risada um tanto quanto nervosa.

— O que tem o fiscal da Prefeitura?

Nesse momento, o homem já está na frente de Léo e Ana Clara. É Léo quem responde, por meio de uma pergunta:

— O senhor não é fiscal da Prefeitura de Salvador?

Mais uma risada nervosa do homem de terno cinza. Depois, ele fecha totalmente a expressão do rosto e passa a falar com uma voz bem grave:

— Quem foi que disse esse absurdo pra vocês?

Ana Clara e Léo não respondem. Ele se enfeza.

– Chegando lá em cima, vocês vão fazer exatamente o que eu mandar, entenderam?

Um arrepio começa a percorrer o corpo de Léo, sobe pelas pernas, pelo tronco, pescoço, cabeça, sai pelos cabelos do garoto... se instala nos cabelos de Ana Clara, desce pelo pescoço dela, pelo tronco, pernas e sai pelas pontas dos pés da garota.

– Co-co-co-mo as-as-assim?

Mesmo com Léo tendo gaguejado tanto para dizer tão poucas palavras, o homem de terno cinza consegue entender o garoto.

– Chegando lá, você vai ver, seu moleque.

Léo não precisará de muito tempo para entender o que o homem de terno cinza está querendo dizer: o Elevador Lacerda acaba de chegar à Cidade Alta. As portas se abrem, e começa a agitação dos turistas querendo sair ao mesmo tempo que outro grupo de pessoas quer entrar para descer.

– Venham.

O homem de terno cinza pega Ana Clara e Léo pelo braço e vai saindo com eles do elevador. Ana Clara desabafa baixinho:

– Não aguento mais ser puxada por Salvador!

– Vai ser muito melhor pra vocês se os dois ficarem bem quietinhos... façam cara de que estão felizes em minha companhia... e...

Com um movimento que lembra um golpe dos capoeiristas, Berimba segura o homem de cinza por trás, discretamente para que ninguém perceba, mas com força suficiente para imobilizá-lo. Ele solta os pulsos de Ana Clara e Léo. Mais do que depressa, Mônica segura os meninos pelas mãos.

— Vamos embora daqui!

Os turistas já saíram e nem perceberam a movimentação. O outro grupo de pessoas começa a lotar novamente o elevador. O homem de terno cinza tenta chamar a atenção de Léo e de Ana Clara.

— Eu vou levar vocês para o aeroporto, pra voltarem pra casa...

Mônica não espera que o homem de terno cinza termine sua frase. Puxando Ana Clara e Léo pelas mãos, ela sai do elevador, mas os dois continuam ouvindo as frases que saem da boca dele.

— Não confiem nela! Se não vierem comigo, vocês nunca mais vão voltar pra casa nem verão sua tia!

Olhando para trás, Léo confere as portas do elevador se fecharem e ele começar a descer levando Berimba, o homem de terno cinza e as outras pessoas que embarcaram.

— Vamos sair daqui... voando!

É quase correndo — e empurrando Léo e Ana Clara — que Mônica atravessa o largo onde fica o mirante e de onde se vê o mar lá embaixo, a distância.

— Temos que nos proteger em algum lugar.

Também sentindo que estão em perigo, Ana Clara e Léo não apresentam a menor resistência à fuga proposta por Mônica.

— Nos proteger do quê, exatamente, Mônica?

— Deve ter mais homens atrás de vocês aqui em cima, Ana.

— Atrás de nós?

— Você não viu que o homem queria levar vocês embora, Léo?

— Mas você não disse que ele era fiscal da Prefeitura?

Sem deixar de andar rápido, Mônica encara Ana Clara para responder à pergunta que ela fez:

— Quem disse foi o meu tio, Berimba, mas eu não acreditei muito, não.
— Será que dá pra você explicar por quê?
— Depois, Léo. Agora, nós temos que chegar ao Pelourinho.

Os três entram em um grande largo, tão movimentado quanto a praça Cairu, cercado por antigos casarões e duas igrejas. Ana Clara quer saber em que lugar eles estão.

— Aqui é o Largo do Cruzeiro de São Francisco...

Ao ouvir o nome de São Francisco, Léo pensa em algo, olha para Ana Clara para conferir se ela também entendeu que aquela igreja pertence à ordem dos franciscanos... e ela entendeu! Isso anima o garoto, mas ele tenta ser discreto em sua animação. Mônica não percebe e continua:

— Aquela igreja maior, onde um grupo de turistas está parado, é a famosa Igreja de São Francisco.

O ânimo de Léo dura pouco. O garoto logo vê um homem de terno cinza cruzando o largo.

— Disfarcem, mas tem um cara seguindo a gente.

E era exatamente o outro homem que tinha ajudado o homem que estava no elevador a levar o repentista.

— Oxente!

Depois do susto, Mônica acelera o passo e puxa Léo e Ana Clara com mais intensidade pelas mãos. Léo olha o homem de terno cinza, novamente, sobre os ombros.

— O cara acelerou.
— Vamos logo.

Mesmo acompanhando Mônica, Ana Clara não parece muito convencida de estarem fazendo o que é melhor.

— Mônica, será que a gente deve mesmo ir ao Pelourinho?
— Como assim?

Parece que Léo também tem uma ideia diferente da de Mônica.

— Se esse cara colocar as mãos em nós, estamos perdidos. Seu tio Berimba não está aqui pra segurar ele.

— Mas... o que nós vamos fazer?

Léo confere o largo, enquanto tenta organizar os *flashes* de ideia que passam pela sua cabeça. Quando olha em direção à Igreja de São Francisco, parece que as ideias se organizam. Ele puxa Mônica com mais força do que ela vinha puxando e num sentido diferente.

— Oxente! Que menino forte!

A força de Léo movimenta não só Mônica, mas também Ana Clara. Em pouco tempo, a mulher e a garota estão sendo puxadas por Léo em direção à igreja, mais precisamente em direção ao grupo de quase cinquenta turistas que escuta as explicações de um guia turístico jovem e moreno.

— Pra onde você tá nos arrastando, menino?

Trata-se de um grupo de terceira idade. As mulheres, que são maioria, têm cabelos brancos, quase azulados. Os homens usam bonés. Todos parecem bastante interessados no que diz o guia:

— Aqui ficam a igreja e o claustro da Igreja de São Francisco. Foi construída pela primeira vez em 1587 e destruída na invasão holandesa...

Além do guia, dois seguranças — um branco e outro negro — acompanham o grupo.

— Foi reconstruída entre os anos de 1708 e 1723... é uma das igrejas mais ricas do Brasil. Tem entalhes em ouro...

Três policiais da guarda municipal também estão acompanhando os turistas idosos.

— É um exemplo da arquitetura barroca e colonial...

Ana Clara entende a estratégia do primo antes de Mônica.

– Você quer que a gente se misture aos turistas?

O sorriso que Léo lança para Ana Clara confirma a hipótese da garota. Um tanto quanto confusa, Mônica começa a entender o que está acontecendo.

– Mas aqui, no meio do largo, fica mais fácil para o homem de terno cinza...

Léo está tão convicto que chega até a parecer que é exatamente isso o que ele quer.

– Duvido que o cara chegue perto. Por que você não liga pro seu tio, Mônica?

Ana Clara gosta da ideia de Léo.

– Quem sabe ele tenha notícias sobre esses homens de terno cinza.

Mônica, pelo contrário, parece não ter gostado muito do que ouviu.

– E quem é que disse que o tio Berimba tem celular?

Vendo que nesse momento não têm nada mais eficiente para fazer, Léo, Ana Clara e Mônica se integram ao grupo de turistas idosos, que nem os nota, tamanho o interesse deles pela bela igreja. E o guia continua explicando...

– Algumas peças do altar são folheadas a ouro. Nós vamos visitar a igreja mais tarde, no final do nosso passeio... Agora, ela está fechada.

A notícia desagrada Léo.

– Droga!

Mas a continuação da justificativa do guia anima novamente o garoto:

– Está havendo um encontro nacional dos franciscanos; mas isso deve terminar em duas horas, antes do final do nosso passeio.

Léo confere se o homem de terno cinza continua seguindo-os. Ele parou a certa distância e está com a cara amarrada. O garoto tem uma nova ideia:
– Vamos ficar colados nos policiais.

Tentando voltar a liderar o pequeno grupo, Mônica se encaminha para mais perto de um dos policiais. Léo confere novamente o homem de terno cinza, que fica mais aborrecido ainda e esmurra uma das mãos na palma da outra. Enquanto isso, o guia orienta o grupo de turistas:
– Agora, vamos descer até o largo do Pelourinho.

Lá se vão o grupo de terceira idade, o guia, os seguranças, os policiais, Mônica, Léo e Ana Clara em direção ao largo do Pelourinho, ainda seguidos de longe pelo homem.
– Cuidado que essas ruas escorregam...

Logo chegam às primeiras ladeiras calçadas com pedras. E o guia continua a falar.
– O nome foi herdado do antigo pelourinho da cidade, a coluna de pedra com argolas onde eram castigados os escravos. Lembra algo triste, mas é assim que ficou conhecido mundialmente esse magnífico conjunto arquitetônico, com casarões dos séculos XVII e XVIII.

Mesmo estando tão preocupados com a própria segurança, Ana Clara e Léo não conseguem deixar de prestar atenção no belo conjunto de mais de oitocentos sobrados coloniais pintados com cores fortes e muito bem cuidados.
– ... Os sobradões do Pelourinho ficaram abandonados por muitos anos, mas foram revitalizados em 1985 e mantêm suas fachadas muito bem conservadas e pintadas com cores vivas. Pelourinho é um dos Patrimônios da Humanidade, tombado pela Unesco. Nos sobrados funcionam lojas de artesanato, restaurantes, sedes de blocos de carnaval, grupos de capoeira, galerias de arte... À noite, se vocês quiserem voltar

ao Pelô, vão encontrar centenas de festas, ensaios de blocos e milhares de pessoas se divertindo.

Mesmo sendo ainda começo da tarde, as ruas do Pelourinho já estão tomadas por turistas que se misturam aos trabalhadores, vendedores de sorvete, artistas que expõem seus quadros nas calçadas, policiais, coletores de lixo e às outras pessoas que fazem a cidade funcionar.

– ... Nossa agência de turismo tem pacotes especiais só com as festas noturnas do Pelô.

Tentando cochichar ainda mais baixo, para não ser ouvido por Mônica, Léo faz uma pergunta a Ana Clara:

– Você ouviu que está tendo um encontro nacional de franciscanos?

Ana Clara responde só com um aceno afirmativo de cabeça, o que é mais do que suficiente para Léo entender que a garota pensou a mesma coisa que ele. Os primos continuam afinados.

– *Yeess*!

Quando a rua fica um pouco mais estreita, o guia chama a atenção para uma senhora vestida de baiana, com um tabuleiro coberto por uma renda branca, ao lado de um minifogão e de uma frigideira onde ela frita bolinhos:

– Os tabuleiros das baianas são outra atração de Salvador. Na nossa culinária se misturam tradições dos índios que habitavam o Brasil antes da chegada dos portugueses, quitutes vindos da Europa com os colonizadores e, como não poderia deixar de ser, detalhes da cozinha da África, de onde vieram os escravos para fazer o trabalho pesado. O azeite de dendê é extraído das palmeiras africanas. Foram os índios que nos ensinaram a comer peixe e a apimentar nossos pratos. Já os portugueses, entre outras coisas, colaboraram com as técnicas de preparo e conservação dos alimentos.

O cheiro delicioso do tempero forte que sai dos tabuleiros enche de água a boca de Léo e de Ana Clara. O guia continua:

– Esses bolinhos que elas estão fritando no azeite de dendê são os acarajés, feitos à base de feijão-fradinho e servidos com vatapá, molho de pimenta, cebola e camarão seco.

Esquecendo-se totalmente da situação em que se encontra, e esquecendo-se mais, de que é uma intrusa naquele grupo, Ana Clara deixa escapar uma pergunta:

– A palavra "acarajé" vem de onde?

Tarde demais! O guia olha um tanto quanto surpreso para a garota. Ele estava acostumado a perguntas feitas nas vozes de idosos. Tentando ganhar a simpatia do guia, Ana Clara abre um sorriso e refaz a sua pergunta:

– "Acarajé" é uma palavra indígena?

O guia se esquece da surpresa e se interessa pela dúvida.

– Não... é africana. Da língua nagô, falada em algumas regiões da África. A tradução seria algo como "bolinho de comer"... por falar em comer, alguém quer experimentar o acarajé?

A ideia causa certa euforia no grupo. Quatro pessoas aceitam o convite ao acarajé. Os demais preferem esperar para experimentá-lo mais tarde. Mesmo assim, o grupo – e o guia, e os policiais... – tem de parar para esperar que a tranquila baiana sirva as quatro pessoas. Léo fica bravo.

– Tá vendo o que você fez, Ana?
– Eu?

Ana não dá muita importância à bronca de Léo.

– Mônica, quando encontrarmos a Didi, você nos leva para comer acarajé?

A disfarçada emoção com a qual Ana Clara faz o pedido contagia Mônica, que abraça a garota antes de responder:

— Deixe comigo, menina! Nós vamos dar muita risada disso tudo, comendo o melhor acarajé da Bahia, lá no largo de Itapoã... Você também vai querer, não é, Léo?
Silêncio.
— Léo?
O silêncio continua.
— Léo, a Mônica está falando com você...
Em vez de se ligar nos chamados de Ana Clara e Mônica, Léo faz o movimento inverso e chama a atenção das duas para algo que ele está vendo caído entre a calçada e a rua, ao lado da baiana do tabuleiro.
— Olha, Ana.
Eles se aproximam. Uma garrafa vazia, transparente, velha, com um rótulo escrito com letras vermelhas rebuscadas e um desenho assustador: uma mulher desenhada dentro de um caixão com olhos abertos. O desenho lembra um pouco um quadrinho de uma história de terror. Com letras pretas, no alto do rótulo, está escrita a palavra "cachaça" e, um pouco abaixo, com letras vermelhas maiores, mais duas palavras em letras grandes: "ENTERRADA VIVA". Ana Clara se lembra do final da letra do repentista na praça Cairu e fica arrepiada.
— Oxente! Que caras são essas?
Léo e Ana Clara trocam olhares e sabem que aquilo quer dizer alguma coisa para eles; só não sabem o quê. Ana Clara é mais rápida do que Léo:
— Mônica, você sabe o que significa essa garrafa?
— Claro que sei. É uma garrafa de cachaça que algum pinguço deixou no meio-fio, só pra aumentar o trabalho dos catadores de lixo...
A baiana do acarajé completa Mônica:
— O trabalho que já é enorme... quase ninguém joga lixo no lixo.

— Você já viu garrafas como essa antes, Mônica?

Mônica acha graça na insistência de Ana Clara, mas tenta ajudá-la como pode:

— Já vi muitas cachaças diferentes por aí... existem muitos alambiques artesanais na Bahia... o estado já foi um grande produtor de cana-de-açúcar, que é a base da cachaça... especialmente na região sul... mas é a primeira vez em minha vida que vejo uma garrafa de cachaça com esse rótulo. "Enterrada Viva"... Deus me defenda! Mas... não me digam que vocês, com esse tamanho todo, ficaram com medo do desenho?

— Não é isso... é que, um pouco antes da Didi desaparecer, um repentista lá da praça Cairu cantou uma letra que parecia fazer uma advertência a Didi, pra ela não acabar enterrada viva...

— Para de inventar, Ana Clara.

Não parece a Ana Clara que seu primo está dando uma bronca de verdade. Pelo contrário, aquele comentário parece mais uma advertência para que ela não fale demais.

— Tem razão, Léo!

O grupo de turistas idosos volta a se movimentar. Mônica, Ana Clara e Léo voltam a segui-los. O guia se aproxima deles, confere Mônica desconfiado e, com um sorriso quase antipático, avisa:

— Vocês podem continuar com o grupo, mas vão ter que pagar o mesmo valor que os outros pagaram...

O guia arregala um pouco mais os olhos.

— E eu conheço a senhora de algum lugar...

Léo e Ana Clara percebem que Mônica fica tensa.

— A senhora não é a...

Mônica tenta ser mais rápida do que o guia turístico.

— Você deve estar me confundindo...

É cada vez mais animado que o guia continua:
– A senhora não é a professora Isaura?
Professora Isaura? Mais um nome falso? Bastante intrigados, Ana Clara e Léo conferem a expressão de Mônica, que, surpreendentemente, respira aliviada.
– Sou, sim.
– A senhora me deu aula na faculdade, no ano passado. Eu estudo História. Meu nome é Pedro.
Fingindo que reconhece o guia turístico, Mônica se anima.
– Como vai, Pedro?
– Muito bem, professora. São amigos de seu filho?
Sem dar muitos detalhes, Mônica explica que Léo e Ana Clara são sobrinhos de uma amiga dela.
– Desculpe, professora, eu querer cobrar. São ordens da agência de turismo. A senhora pode continuar com o meu grupo, como convidada. Será uma honra.
Conferindo que o homem de terno cinza, mesmo falando no celular, continua acompanhando a movimentação do grupo, Mônica agradece.
– É só até chegarmos no largo do Pelô.
Não passa despercebido a Pedro o olhar tenso de Mônica para o homem de terno cinza, que acaba de desligar o telefone.
– A senhora está com algum problema, professora?
– Não é nada, não... Só deixe que a gente acompanhe vocês mais um pouco.
– Claro!
O grupo segue atento ao guia. Mônica está quieta; ela não consegue esconder a preocupação que não para de crescer... Léo e Ana Clara também estão preocupados... e cansados... e refletindo sobre o que devem fazer... o clima lembra

aqueles momentos tensos nos filmes, quando o diretor dá uma pausa na ação, para preparar o personagem e o público para algo terrível.

Mesmo estando um pouco preocupados se Mônica os ouvirá ou não, Léo e Ana Clara continuam cochichando.

– Tô sentindo uma coisa estranha, Ana.

– Eu também.

– É como se eu precisasse fazer alguma coisa que eu não sei o que é.

Algumas quadras depois, Ana Clara vê algo e chama a atenção do primo.

– Olha, Léo.

Léo confere outra garrafa vazia e velha que tem o desenho de uma mulher em um caixão e as palavras "Enterrada Viva".

– Léo...

– Eu já vi, Ana, outra garrafa.

– Não é só isso... o homem metálico está correndo em nossa direção.

Ana Clara logo entende que Léo está falando sobre o homem de terno cinza. É que por causa do tecido um pouco brilhante, com a luz do sol, o terno brilha como se fosse de metal.

Ela só não tem a menor ideia de como escapar do homem metálico.

4

Léo e Ana Clara não desgrudam os olhos do homem metálico, que está a uns cinquenta metros deles.
– Suas sandálias escorregam mais que tênis, Ana?
Agora, o homem metálico está a trinta metros.
– Não faço a menor ideia.
A vinte...
– Logo saberemos... vem comigo...
... E, com uma vantagem de apenas vinte metros, Léo dispara ladeira abaixo, na direção contrária à que vinha o homem metálico. Confirmando que suas sandálias não escorregam, Ana Clara segue o primo, quase com tanta velocidade quanto o garoto.
– Tô indo muito rápido?
Mostrando que também é dura na queda, Ana Clara responde sem o mínimo sinal de cansaço:
– Corre, Léo... O cara tá quase alcançando a gente.
Como se manipulasse um *joystick* de videogame, Léo tenta se localizar e escolher um caminho entre as ladeiras, por onde ele e a prima possam escapar do homem metálico. Chega o final da rua, eles dobram à esquerda, depois à esquerda novamente. Ana Clara acha estranho o caminho.
– Assim vamos voltar pra onde nós saímos...

– Tô ligado!

No final dessa rua, não há saídas à esquerda, só à direita... e uma ladeira um tanto quanto íngreme.

– Droga!

Mas os primos não têm alternativa. O homem já apontou no alto da rua onde eles estão. Mais ou menos no meio da ladeira tem outra saída à direita.

– Vamos ter que entrar aqui, Ana... não tem jeito.

– Só quero ver onde nós vamos parar.

– Eu também.

Assim que Léo e Ana Clara viram à direita, eles trombam com quatro negros jovens e animados, vestidos com roupas e tênis modernos, carregando tambores pintados nas cores verde, vermelho e amarelo: são músicos de algum grupo de percussão. Com o encontro, um deles foi parar no chão, com tambor e tudo...

– Ei!

A maneira como o músico faz o comentário mostra que ele está muito mais surpreso do que bravo.

– Desculpe aí, cara...

Enquanto confere se o músico se machucou, Léo vê que ele tem um sorriso simpático, e sente certa confiança, o que faz com que ele também sorria.

– ... foi mal!

– Aonde é que vocês vão com tanta pressa, rapaz?

Da esquina de onde ainda estão, Ana Clara vê que o homem metálico vem com tudo na direção deles. É ela quem responde à pergunta do músico:

– Nós estamos fugindo daquele cara.

Os quatro músicos se interessam. É o que tinha caído quem continua perguntando:

– Ele fez alguma coisa pra vocês?

— Não dá pra explicar agora, cara... vem, Ana!
O homem metálico, que já está a poucos passos, tem uma ideia e grita:
— Segure esses garotos... eles me roubaram!
O músico fica confuso!
Léo é rápido:
— É mentira.
Depois de pensar por um segundo, o músico resolve acreditar em Léo.
— Corram, que a gente segura o cara.
— Valeu!
Quando Ana Clara e Léo já estão quase no final da rua, ela vira para trás. E o homem metálico continua entre os quatro músicos, que criaram uma barreira móvel em torno dele e brincam de empurrá-lo como se ele fosse um joão-bobo.
— Vamos, Ana!
Quase no final da rua, Léo vê uma placa que o agrada: "Cruzeiro de São Francisco".
— *Yeees*!
Ainda correndo, Ana Clara e Léo seguem a direção que a placa indica. No final daquela rua há outra placa com a mesma indicação – e eles continuam correndo... e virando esquinas... e subindo ladeiras... quando reconhecem a rua por onde começaram a descer as ladeiras de sobrados coloniais, os primos sentem um certo alívio. Mas não param de correr, só desaceleram.
— O cara ainda tá seguindo a gente?
— Tô com medo de olhar pra trás.
É o próprio Léo quem confere: o homem metálico ainda não apareceu; mas ele sabe que aqueles músicos não conseguirão prendê-lo por muito tempo. E sabe mais: agora, o homem deve estar ainda mais furioso do que antes.
— Se ele nos pegar, estamos fritos.

Mesmo sabendo estar sendo um pouco óbvia, Ana Clara faz uma pergunta:
— Nós estamos indo para a Igreja de São Francisco, não é?
No que Léo diz, ele já parte do princípio de que a pergunta da prima foi só para confirmar se o garoto estava mesmo fazendo o que ela pensava.
— Será que "*ele*" vai estar aí?
— Tem que estar...
— Não sei, não, Ana. Não é porque é um encontro nacional de franciscanos que vão estar todos os freis do Brasil.
Já em frente à igreja, Léo vira para trás: a princípio está tudo bem; ou melhor, tudo ótimo.
— A igreja já abriu, Léo.
— Vamos entrar.
Assim que atravessam a grade que protege a igreja, Ana Clara para um pouco antes de chegar às pesadas portas de madeira escura.
— Vem logo, Ana! Se o Metálico pegar a gente... éramos uma vez!
Léo para de falar e lê a placa que Ana Clara aponta: uma placa que diz os horários de visita da igreja e... o preço do ingresso para visitá-la...
— Nós estamos sem um centavo, Léo, esqueceu?
Não, Léo não esqueceu.
— E agora?
Ana Clara vê antes de Léo um homem idoso, com um embrulho, andando vagarosamente em direção a uma porta lateral da igreja... a garota não tem um segundo a perder.
— Ei, senhor?
O tempo que o homem leva para identificar de onde vem o chamado é mais do que suficiente para que Ana Clara e Léo cheguem até ele.

— Quem são vocês?

É com um sotaque baiano e bastante assustado que o homem faz essa pergunta. Não é pra menos: os dois garotos que falam com ele estão suados, despenteados, afobados... Percebendo que isso tudo pode atrapalhá-los, Ana Clara respira fundo, passa as mãos nos cabelos tentando fazer com que eles fiquem pelo menos um pouco em ordem, endireita a mochila nas costas e sorri, simpática.

— Nós somos sobrinhos-netos do Frei Felipe Mesquita, do Rio de Janeiro...

Pela maneira como o senhor fecha ainda mais a expressão, deixa claro que o nome de Frei Felipe Mesquita não é familiar para ele. Ana Clara tenta ser ainda mais simpática e caprichar no português.

— Nós estamos passando férias em Salvador, ficamos sabendo do encontro entre os freis e viemos ver se o nosso tio-avô está aqui. Estamos com muita saudade, sabe? Ele mora no Rio... nós, em São Paulo...

O charme de Ana Clara começa a desarmar o medo do senhor.

— Os freis estão lanchando, filha.

Léo entra na conversa, tentando mostrar-se tão tranquilo quanto Ana Clara...

— Então, a reunião já acabou?

Mas ele não consegue, e a pergunta sai um tanto quanto aflita e deixa o senhor mais assustado do que ele estava.

— Já... mas eu não posso deixar vocês entrarem onde eles estão.

Vendo que Léo quase põe tudo a perder com sua afobação, Ana Clara pisca para o primo sinalizando que ele deixe que ela fale. Em seguida, a garota sorri novamente para o senhor.

– E levar um recado para o nosso tio-avô, se ele estiver aí, será que o senhor poderia?
Depois de pensar um pouco, o homem mostra que está cedendo.
– Qual recado?
– Só diga para ele que nós estamos aqui fora.
Depois que Ana Clara diz ao senhor os nomes completos dela e de Léo, e também o nome da avó deles, irmã do frei franciscano, o senhor diz que levará o recado e orienta que os dois esperem sentados, ali mesmo, nos degraus do corredor que leva aos fundos da igreja.
– Muito obrigada, senhor.
A porta se fecha. Ana Clara e Léo sentam-se no degrau... e ouvem um trovão! E se assustam!
– E se chover, Ana?
Ana Clara acha absurdo o comentário do primo.
– Como assim? Tomar um pouco de chuva, nessa altura do campeonato, não vai piorar em nada a nossa situação.
– Foi mal...
– Foi péssimo!
Outro trovão! Agora, é Ana Clara quem se assusta. Léo provoca:
– Se assustou, é?
– A Mônica...
Assim que cochicha, Ana Clara se abaixa, quase deitando no chão para que Mônica, que está passando pela calçada em frente à igreja e falando ao celular, não a veja. Léo faz o mesmo.
– Com quem será que ela está falando no telefone, Léo?
Mônica passa direto e não os vê.
– Melhor sentarmos direito de novo. Se aquele senhor volta e vê a gente assim...

Léo concorda com Ana Clara e os dois voltam a se sentar na escada, mas sem se desligarem do que acontece na calçada.
– Vamos ficar espertos.
– Será que nós estamos certos, fugindo da Mônica?
– Tem alguma coisa de estranho com a Mônica... ou será Fátima? Ou será Isaura?
– Por que será que ela mentiu o nome?
– Você viu do jeito que a Mônica ficou, quando o ex--aluno reconheceu ela? Parecia que ele ia revelar alguma coisa que ela não queria...
– Será que nós devíamos ter ido com o homem Metálico que subiu com a gente no elevador?
– Ai, Léo, se liga!
– E se ele estava querendo nos ajudar de verdade?
– Acho que não... Se era verdade, porque o outro Metálico, o que nos perseguiu pelo Pelourinho, queria que os músicos nos segurassem?
– Se o Vô Felipe não estiver aqui, não sei se nós vamos conseguir fugir dos Metálicos por muito tempo.
– Ele tem que estar!
– E se ele não estiver?

Parece que os primos não vão precisar de muito tempo para tirar essa dúvida. A porta atrás deles começa a se abrir. Os dois pulam do degrau e se colocam em pé, em frente à porta, na maior expectativa. Ana Clara é rápida:
– Se não for o Vô Felipe, deixa que eu falo, Léo.
– Exibida!

A porta é aberta por um homem jovem que veste um hábito marrom, amarrado na cintura por um cordão. Ele calça sandálias de couro amarradas nos calcanhares e não tem idade nem para ser pai de alguém do tamanho de Léo e Ana Clara. Com

um forte sotaque carioca, que lembra os surfistas, ele confere os primos, que já começam a ficar decepcionados.
– São vocês que querem falar com Frei Felipe Mesquita?
Pela maneira como ele fala, deve conhecer Frei Felipe. É Ana Clara quem responde:
– Hum-hum... ele está?
– Infelizmente não... eu vim representando os freis cariocas desta vez. Frei Felipe está em Santa Catarina... eu sou o Frei Augusto... mas todos me chamam de Frei Garotão, eu até gosto mais.
Ficou um clima quase tenso naquela porta de igreja! O frei percebe que, além de decepcionados por não terem encontrado o tio-avô, Ana Clara e Léo estão assustados. Muito assustados!
– Vocês querem que eu leve algum recado ao Frei Felipe?
A maneira como Frei Garotão faz a pergunta é um tanto quanto minuciosa. Léo responde:
– Não, senhor... obrigado.
A resposta de Léo deixa o frei ainda mais intrigado.
– Eu posso ajudar vocês de alguma forma?
– Acho que...
Ana Clara desmancha a sua expressão de falsa tranquilidade e, um tanto aflita, interrompe Léo:
– ... se o senhor não puder...
– Não fala nada, Ana!
– ... ninguém poderá...
– Vamos dar o fora, Ana!
– Nós temos que confiar em alguém... e o Frei Garotão conhece o nosso Vô Felipe.
– A Mônica... a Fátima... a Isaura... sei lá... ela também conhecia a Didi.
A conversa de Ana Clara e Léo deixa Frei Garotão ainda mais interessado.

— Vocês estão mesmo passando férias na Bahia, como disse o vigia que levou o recado?

Dois segundos de silêncio.

— Pelo visto, não.

Depois de responder à própria pergunta e entendendo que o que se passa ali parece sério, Frei Garotão fecha a porta por onde ele saiu, tentando, assim, ganhar um pouco mais da confiança de Ana Clara e Léo.

— Estou achando que os sobrinhos-netos de meu grande amigo Frei Felipe estão com problemas...

Ana Clara se segura para não chorar.

— ... problemas sérios...

Vendo que Ana Clara está quase chorando, Léo fica ainda mais triste e confuso do que já estava.

— ... como eu posso ajudar vocês?

A maneira como Frei Garotão oferece ajuda parece tão sincera para Léo que ele sente até um pequeno alívio.

— Como a Ana Clara disse: se o senhor não puder nos ajudar, acho que ninguém poderá.

Fazendo um gesto para que Léo e Ana Clara façam o mesmo, Frei Garotão senta-se no degrau mais alto da escada. Enquanto se acomodam, Ana Clara e Léo vão contando ao franciscano todos os detalhes que eles viveram nas últimas horas, desde o sonho simultâneo no avião, passando pelo susto de quando saíram dos banheiros e não encontraram a tia os esperando na porta... Os primos falam tudo: a coincidência dos analfabetos no banheiro... os nomes de Mônica... o possível número de telefone escrito à mão na fitinha do Bonfim de Léo... a perseguição pelos Metálicos no Pelourinho... Frei Garotão escuta tudo em silêncio, com respeito e parecendo muito interessado.

– ... e nós também vimos garrafas de cachaça onde estava escrito "Enterrada Viva"...

– ... duas garrafas, Frei Garotão! Parecia que elas tinham sido colocadas no nosso caminho, não é, Ana?

– Hum-hum.

Não está muito claro para Frei Garotão aonde Ana Clara quer chegar com aquela parte da história.

– Vocês acham que essas garrafas têm alguma coisa a ver com o desaparecimento da tia de vocês?

– ... um pouco antes da Didi sumir, nós paramos pra ouvir um repentista na porta do Mercado Modelo e ele cantava uma música que falava sobre alguém acabar enterrada viva... detalhe: ele cantou de um jeito que parecia um recado pra Didi.

E Ana Clara completa:

– Não se esqueça, Frei, que o repentista que tentou avisar a Didi foi levado pelos mesmos homens que levaram a baiana das fitinhas e que depois tentaram me pegar e também o Léo.

Frei Garotão precisa de um tempo para se recuperar. As coisas que ele ouviu são um tanto quanto absurdas, mas, por mais absurdo que isso possa parecer, ele não consegue duvidar delas.

– Tá tudo bem, Frei?

A pergunta de Léo desperta Frei Garotão, que tenta sorrir... mas não consegue.

– Isso tudo me parece muito sério...

– Cuidado, Ana!

Quando Léo termina de pedir para que Ana Clara tome cuidado, ele já está deitado de bruços no chão... e com os cabelos arrepiados! Entendendo a aproximação de perigo, Ana Clara também se joga no chão, enquanto sente seus cabelos também se arrepiarem. Sem a menor ideia do porquê de estar agindo assim, Frei Garotão acompanha os primos e se deita de bruços no chão.

– O que...
– Psiu!

O franciscano logo entende que a advertência de Ana Clara não é para que ele fique quieto, e sim para que passe a falar mais baixo. Ele sussurra:

– ... o que aconteceu?
– O senhor está vendo aqueles dois homens de terno cinza e óculos de mafiosos, no meio da praça?
– Aqueles que parecem estar procurando alguém?
– Exatamente... eles estão procurando eu e a Ana Clara.
– Mas vocês não disseram que o tio da Mônica... ou da Fátima... tinha segurado um deles?
– E segurou... aquele mais baixo. Mas pelo visto não conseguiu manter o cara preso por muito tempo... ou era uma farsa...
– Será que são policiais?
– Não devem ser, não, Frei.

Recuperado do susto, Frei Garotão se levanta...

– Eles ainda não sabem que estamos juntos...

... e abre a porta.

– ... entrem comigo... sem se levantarem...

Se arrastando pelos poucos degraus da escada que leva ao interior da área particular da igreja, Ana Clara e Léo acompanham Frei Augusto.

– ... aqui dentro vocês vão estar seguros.

Quando se veem dentro de um pátio que rodeia um jardim escuro – aliás, um belo pátio forrado por painéis de azulejos –, os primos ficam em pé e sorriem um tanto quanto aliviados. Léo levanta a palma da mão direita e a leva em direção a Frei

Garotão, como se quisesse trocar com ele aquele cumprimento dos jogadores de vôlei ou de basquete, que batem as palmas das mãos depois de um bom passe.
– Valeu, Frei!
– *Helloo?* Léo? Isso é jeito de cumprimentar um frei?
Para surpresa de Ana Clara e de Léo, Frei Garotão oferece a Léo a palma de sua mão direita, correspondendo ao cumprimento do garoto...
– Valeu, Léo!
... em seguida, o Frei leva a palma da sua mão em direção à de Ana Clara, para trocar com ela o mesmo cumprimento.
– Valeu, Ana!
Ana Clara oferece a palma de sua mão e sorri:
– Valeu, Frei!
– Venham... vamos lá dentro falar com os responsáveis pela... por que estão com essa cara?
– Tem certeza que é preciso falar com mais gente?
Frei Garotão entende o temor dos primos.
– Sabe o que é, Frei, a gente tem medo de colocar a Didi ainda mais em risco se muita gente ficar sabendo.
– Querem ligar para São Paulo?
Mesmo sem resposta, Frei Garotão entende que não é isso o que querem Ana Clara e Léo; ele só não consegue entender qual é a ideia dos primos.
– Então, o que é que querem os meus novos amigos arrepiados?
Ana Clara e Léo começam a falar ao mesmo tempo...
– O senhor...
– O senhor iria...
... eles se olham e Léo faz sinal para que Ana Clara materialize o pedido dos dois:
– O senhor iria com a gente até o nosso hotel?

Frei Garotão leva pouco tempo para conversar com os franciscanos que o hospedam e, sem dar muitos detalhes, explicar a eles que se ausentará por algumas horas com os sobrinhos-netos de um frei que trabalha com ele no Rio de Janeiro. Os franciscanos não só o liberam, como ainda oferecem um dos carros com motorista que estão à disposição dos freis visitantes. O carro está estacionado dentro do terreno da igreja, o que significa que Ana Clara e Léo poderão sair sem serem vistos.

Frei Garotão aceita o carro, mas não o motorista. Ele prefere guiar pessoalmente.

– Onde fica o hotel de vocês?

– No Campo Grande.

– É perto daqui... quando sairmos da igreja, é melhor vocês se abaixarem.

É claro que essa ideia já tinha passado pela cabeça de Léo e de Ana Clara. O carro é simples, mas tem ar-condicionado. Os primos vão no banco de trás.

– Que bom! Eu já não aguentava mais tanto calor.

– Eu falei pra você tomar água, Léo!

– Se liga, Ana!

Algumas ruas depois, Frei Garotão avisa que já estão longe do centro histórico. Ana Clara e Léo começam a se organizar.

– Enquanto eu procuro pistas nas coisas da Didi, Léo, você põe os dois celulares para carregar.

– Eu sou muito melhor pra procurar pistas do que você.

– *Hellooo*? Léo? Quem você tá querendo enganar?

– Se liga, Ana!

Frei Garotão interrompe a discussão:

– Estamos a uma quadra do hotel.

Ana Clara pensa em algo... que a assusta!

— É melhor o senhor não entregar a chave ao manobrista do hotel.

Léo acha a ideia de Ana Clara um tanto quanto absurda.

— Se liga, Ana! É muito pior estacionar na rua e ir andando até o hotel.

— Acho que Léo tem razão.

— Depois não digam que eu não avisei.

Ao chegarem no hotel — um hotel enorme e de muitos andares —, o movimento de entrada e saída de hospedes é intenso. Frei Garotão entrega a chave a um dos manobristas e entra com Léo e Ana Clara.

Dentro do hotel, no saguão, a movimentação também é grande: além dos hóspedes que chegam ou partem, há algumas equipes de reportagem. Frei Garotão se assusta.

— Por que tantos repórteres?

Léo se lembra de algo:

— Fica tranquilo, Frei... esses caras já estavam aí quando nós saímos. Tem uma atriz e um diretor de cinema espanhóis hospedados aqui, neste hotel só fica gente bacana!

— Deixa de ser exibido, Léo.

— Se liga, Ana!

No balcão de recepção há seis funcionários atendendo os hóspedes. Uma senhora reclama que sumiram suas pantufas de dálmata. Um homem negro, jovem, alto, careca e com um brinco de ouro na orelha direita, com pinta de galã de cinema norte-americano e vestido com calção e camiseta regata típicos de quem estava praticando esportes, está recebendo uma informação que lhe desagrada e tenta fazer o recepcionista entender que ele precisa falar urgente com quem está procurando... Outro homem jovem, com sotaque indecifrável, reclama que não consumiu as garrafas de água de coco que estão sendo cobradas na conta dele. Léo estranha um fato:

– Eu não estou reconhecendo nenhum dos recepcionistas... nem as mulheres nem os homens...
– Nem eu.
Frei Garotão tem uma hipótese:
– Vocês chegaram de manhã. Na hora do almoço, geralmente, muda o turno de funcionários.
Uma recepcionista jovem e bonita chega perto de Frei Garotão, Ana Clara e Léo. Ela tem uma placa de identificação presa na blusa, com o nome "Paula". Com voz rouca e um suave sotaque baiano, Paula se oferece para atendê-los.
– Como eu posso ajudá-los?
A pergunta é feita a Frei Garotão, mas é Léo quem responde:
– Por favor, Paula, a chave do quarto 1702.
– Pois não.
A bela recepcionista vai até o escaninho de chaves, procura a chave e volta com as mãos vazias.
– Você disse 1702?
– Foi.
Depois de mais um sorriso, Paula aciona o teclado de um computador e confere o monitor.
– Você tem certeza que o quarto é o 1702?
Antes de responder, Léo sente um arrepio em seu couro cabeludo.
– Tenho.
– Não tem ninguém hospedado nesse quarto.
Sentindo um calafrio, Ana Clara vai além, para confirmar uma terrível ideia que está passando pela sua cabeça.
– Você pode dizer, então, em que quarto estão hospedados a doutora Mirtes Mesquita, Ana Clara Fagundes Mesquita e Leonardo Mesquita de Medeiros?

Nem seria preciso a recepcionista responder, pelo menos não para Ana Clara e Léo; mas ela responde, depois de consultar o arquivo do computador:

– Não tem nenhum hóspede em nosso hotel com esses nomes.

É nesse momento que o negro jovem, alto e careca – aquele com pinta de galã de cinema e um brinco de ouro na orelha – se aproxima de Ana Clara, Léo e Frei Garotão. Mostrando, pela maneira de falar, que sente orgulho do sotaque baiano, ele quer saber:

– Vocês estão procurando por Mirtes?

Um segundo de silêncio.

– Eu também...

O baiano bonitão confere Ana Clara e Léo.

– ... vocês devem ser os sobrinhos dela.

Todos querem saber, mas é Ana Clara quem pergunta:

– Quem é você?

– Meu nome é Jorge.

Léo não consegue se conter...

– ... o Jorge Virtual!

5

LÉO ESTÁ FURIOSO!
— Eu vou chamar a polícia.
A frase de Léo surpreende a recepcionista, que pergunta ao Frei:
— O senhor quer que eu chame a polícia?
Tentando mostrar que está tudo sob controle, Frei Garotão sorri para a bela baiana atrás do balcão.
— Não, muito obrigado... é um assunto de família.
— O senhor é quem sabe... precisando de alguma coisa, é só chamar.
A recepcionista sorri e, discreta, se afasta. Frei Garotão tem uma ideia:
— Acho melhor conversarmos no saguão...
O saguão enorme está dividido em vários ambientes com poltronas de tecidos floridos. Mesmo na maior agitação, Frei Garotão, Ana Clara, Léo e Jorge Virtual encontram cinco poltronas desocupadas, onde podem sentar para conversar.
Ana Clara olha para a poltrona que ficou vazia e sente uma grande tristeza... seu coração bate um pouco mais devagar, os olhos se enchem de lágrimas, que ela faz questão de não deixar transbordar... Saudade de Didi...

Léo continua furioso!
— Esse cara sequestrou a Didi...
— Calma, Léo.
— ... agora, ele veio aqui pedir o resgate...
Vendo que Ana Clara não está tendo sucesso, Frei Garotão tenta ajudá-la a acalmar o primo.
— Pega leve, Léo.
Mas Léo não está nem um pouco interessado em ter calma ou em "pegar leve".
— Sorte sua, cara, você ser três vezes o meu tamanho. Se não, eu arrebentava você aqui mesmo.
Jorge Virtual não gostou muito do que ouviu; mas ele percebe que, por trás daquela precoce valentia, tem um garoto desesperado. Um tanto quanto arrogante, Jorge Virtual pergunta:
— Escute aqui, menino, onde já se viu um sequestrador ir pessoalmente buscar o resgate?
Léo fica sem graça, mas não cede.
— Pra onde você levou a Didi?
— Acho que eu estou perdendo o meu tempo, que é bem caro...
Depois de suspirar aborrecido, Jorge Virtual olha para Frei Garotão, e o confere desconfiado.
— ... quem é o senhor?
Frei Garotão não gosta muito da maneira como o baiano bonitão fala com ele.
— Era exatamente a pergunta que eu ia lhe fazer: quem é o senhor?
É um pouco mais simpático que Jorge Virtual se apresenta.
— Eu sou amigo da Mirtes...
— É mentira!

— Léo.
— Desculpa, Frei.
— Pode falar, Jorge. O Léo promete que vai ficar quieto.
— ... nós marcamos um encontro no Mercado Modelo, que ela confirmaria assim que chegasse lá. Quando Mirtes me ligou, eu estava correndo, no Porto da Barra, na orla, perto do farol, com o meu filho... o senhor conhece o Porto da Barra?
— Conheço.
— Lá é ótimo pra correr, beirando o mar... o maior axé... não deu pra atender a ligação e ela deixou um recado dizendo que estava esperando eu ligar de volta em um número que não era o que eu tinha; e que se nós nos perdêssemos, ela estaria hospedada neste hotel, com dois sobrinhos, que devem ser essa garota linda e esse garoto invocado... tentei ligar para o número que ela me deixou; só dava caixa postal... como eu estava por perto, resolvi vir até aqui, deixar um recado... quando vocês chegaram, eu estava ouvindo que a Mirtes não está hospedada aqui.

A segurança com que Jorge conta sua história tranquiliza o clima. Ainda mais depois da confirmação de Ana Clara.

— Tudo o que ele falou é verdade.

Léo se enfeza ainda mais.

— Só porque ele chamou você de linda.
— *Helloo?* Léo?

Mas falta Frei Garotão entender uma coisa...

— Por que você disse que ele não é amigo de sua tia, Léo?

Um pouco mais desarmado, mas sem perder a desconfiança, Léo se justifica.

— Eles nem se conhecem.

O Frei olha intrigado para Jorge, que explica:

— Nós nos conhecemos pela internet... por câmeras...

por *msn*... por telefone... hoje nós íamos nos conhecer pessoalmente...

O baiano bonitão respira fundo antes de continuar.

– ... eu já contei a minha história. Agora, qual é a história de vocês?

Léo ameaça falar, mas Frei Garotão coloca a mão no ombro dele, para que o deixe continuar.

– Tudo bem, Frei... foi mal!

– Eu sou amigo da família... a Didi, é esse o apelido de Mirtes, desapareceu.

– Oxe! Uma mulher daquele tamanho! Desapareceu como?

– Se eu soubesse, ela estava aqui.

– Léo!

– Desculpa... foi mal. Pode continuar, Frei Garotão.

– Nós viemos procurar por ela. Quando chegamos, a recepcionista disse que nem ela nem Ana Clara e Léo estão hospedados aqui ou têm reserva.

Ana Clara entra na conversa:

– Detalhe: todas as nossas coisas estavam aqui... ou deveriam estar.

A história que está ouvindo soa bem estranha a Jorge Virtual.

– .... vamos falar com o gerente.

Desagrada totalmente Léo ouvir Jorge Virtual incluindo-se na busca pela Didi.

– Por que "vamos"?

Jorge Virtual não gosta nada de ouvir a pergunta de Léo e o tom arrogante do garoto.

– Escuta aqui, moleque: eu gosto muito de sua tia, tá ouvindo? E eu não saio daqui enquanto não souber o que aconteceu com ela.

— Você acha que pode nos ajudar, Jorge?
— Não, Ana.
— Léo...

Léo leva um susto com a maneira definitiva como Ana Clara fala com ele, transformando em bronca o apelido do garoto.

— ... se você não pode ajudar, pelo menos não atrapalhe.
— Atrapalhar?! Você tá deixando entrar na nossa história um cara que você nunca viu... que nem viu a Didi pessoalmente... e que ela conheceu pela internet, o jeito mais perigoso de conhecer alguém.

Ana Clara está bem aborrecida com o primo.

— Por acaso o Jorge apontou alguma arma pra gente? Ele tá levando a gente pra algum lugar?

Quatro segundos de silêncio... Frei Garotão é o próximo a falar; e ele fala com Jorge.

— Você quer mesmo nos ajudar, Jorge?

Jorge Virtual nem pensa a respeito.

— Mais do que ajudar vocês, eu quero ajudar uma pessoa que eu conheci e que tem tudo pra, no mínimo, se tornar uma boa amiga...

É falando com Léo que Jorge Virtual conclui:

— ... olha aqui, seu moleque invocado: se você não quiser que eu ajude, eu vou embora. Mas vou continuar procurando por sua tia Didi do meu jeito, tá entendendo?

— O que você quer dizer com "do meu jeito"?

— Você já foi muito grosseiro comigo pra eu responder a todas as suas perguntas.

Não que ela perca o interesse na conversa, mas algo que está acontecendo algumas poltronas ao lado chama a atenção de Ana Clara. Uma senhora de meia-idade, sentada em uma poltrona, está lendo um jornal. O que atrai Ana Clara é uma das notícias que ela vê estampada na página com as reportagens locais. A foto de um simpático senhor negro, com um sorriso sem dentes, idoso e de cabelos totalmente brancos. Ao lado da foto, o título: "Mestre Bubu não volta para casa". A notícia arrepia Ana Clara, que tenta voltar a prestar atenção na conversa. É Jorge Virtual quem está falando.

– ... acho que devemos procurar logo o gerente deste hotel. Como é que não tem registro de Mirtes e das crianças? E a bagagem de vocês?

Um pouco mais calmo, Léo concorda, pelo menos parcialmente, com Jorge Virtual.

– Tudo bem... mas temos que fazer isso de um jeito que nos proteja.

– Como assim?

– Se queimaram nossos arquivos no hotel e sumiram com as nossas coisas, é óbvio que sabem que estamos aqui... podem querer queimar a gente também.

Três segundos de silêncio... quebrados por um garoto do tamanho de Léo, de óculos escuros, careca e de boné, vestido com roupa de ginástica, como Jorge Virtual, e tão bonito quanto ele. O garoto fala com o mesmo tom, quase arrogante, de Jorge Virtual.

– Escute, meu pai: vai passar o dia sentado neste hotel? Aceite que levou um fora da gata de São Paulo...

– Oxente! Esqueci meu filho no carro!

Rápidas apresentações e Léo continua desconfiado...

– Beleza, cara?

... Ana Clara, receptiva...

– Muito prazer... meu nome é Ana Clara.

.... e o filho de Jorge, receptivíssimo!

– Richard... e o prazer é meu! Vamos logo, meu pai... eu tenho jiu-jítsu daqui a pouco.

— Vou ligar pra sua mãe vir pegar você.
— Mas hoje é seu dia de ficar comigo.
— Aconteceu um imprevisto...

Quando Jorge Virtual termina de contar rapidamente o que aconteceu, e Richard entende que o que se passará ali pode ser bem mais interessante do que o jiu-jítsu, ainda mais em companhia daquela bela morena de olhos grandes, o garoto baiano muda totalmente seus planos. De um jeito bem irônico, Richard avisa, já ocupando a quinta poltrona vaga:

— Como hoje é seu dia de ficar comigo, acho melhor deixar a aula de jiu-jítsu pra lá... tô nessa com vocês.

É claro que Léo é contra.

— Já tem gente demais envolvida.

Pela primeira vez, Jorge Virtual e Léo concordam em alguma coisa:

— O Léo tem razão... e pode ser perigoso.

A advertência só serve para deixar o garoto baiano mais animado.

— Melhor ainda.

Contra a vontade de seu pai — e de Léo! —, Richard é aceito no grupo e a conversa volta a ser quem, e de que maneira, insistirá com o hotel sobre o registro dos três hóspedes e sobre o paradeiro de sua bagagem. Ana Clara aproveita o momento para conferir a notícia de jornal, que continua lhe intrigando. Léo acompanha com os olhos o discreto movimento da prima. Só depois que ele vê que o filho de Jorge Virtual se levanta e segue Ana Clara é que Léo se incomoda.

— Aonde você vai, Ana?
— Já volto.

Ana Clara para a uma distância que não incomoda a senhora do jornal, mas que é suficiente para que ela também consiga ler. Parando ao lado dela, Richard lê em voz alta, mas com pouco volume, o começo da notícia que ele sabe que atraiu Ana Clara.

– Mestre Bubu, 83 anos, um dos mais antigos construtores de berimbau, está desaparecido há três dias. Ele saiu para trabalhar e não voltou para casa. A família, humilde, descarta a possibilidade de sequestro, por razões óbvias, mas considera que Mestre Bubu pode ter perdido o juízo ou bebido demais e ter sido internado como indigente, já que ele estava sem documentos. Os hospitais públicos da cidade estão sendo vasculhados...

A senhora que estava lendo o jornal abaixa-o e mostra uma expressão de pouquíssimos amigos! E, com um carregado sotaque francês, dá uma bronca:

– *Serrá que vocês poderriam me deixarr lerr o jornal em paz? Já é tão difícil lerr nesse idioma... e o saguão do hotel está cheio de exemplarres do mesmo jornal.*

– Desculpe, senhora.

Depois de se desculpar, Richard se afasta, puxando Ana Clara pelo braço. Ela não gosta muito da intimidade do garoto.

– Solta o meu braço.

O pedido de desculpas de Richard sai em forma de cantada e acompanhado de um belo sorriso...

– ... não deu pra resistir.

Léo, que não aguentou ficar longe da prima por muito tempo, se aproxima.

– Ele te fez alguma coisa?

– E nem vai fazer... o que ficou resolvido, Léo?

– Frei Garotão e o Jorge Virtual foram falar com o gerente...

Richard acha graça na maneira como Léo chamou seu pai.

– Jorge... o quê?

Os primos ignoram a pergunta de Richard.

– Que cara é essa, Ana?

Vendo sobre uma das mesas no saguão o mesmo jornal que a francesa estava lendo, Ana Clara vai até o jornal, abre-o na página que lhe interessa e deixa que Léo leia a notícia do desaparecimento de Mestre Bubu.

– Você tá achando que isso tem alguma a coisa a ver com o sumiço da Didi, Ana?

– Não faço a menor ideia... mas, por via das dúvidas...

... a garota arranca a página do jornal, dobra-a em várias partes e guarda o embrulho na mochila.

– Ele faz berimbaus...

Ao mesmo tempo que se lembra do som de berimbau no sonho que ele e Ana Clara tiveram, Léo lembra-se de mais uma coisa: a sequência numérica, escrita à mão, na fita do Nosso Senhor do Bonfim que a baiana amarrou no pulso dele.

– Richard, você tem celular?

– Claro!

Para ajudar Léo, Ana Clara lança para Richard o típico sorriso de uma garota que sabe que está agradando e precisa pedir alguma coisa a quem ela está agradando.

– Podemos fazer uma ligação?

– Sem problemas...

Ainda sem entender muito bem o que está acontecendo – e quem sabe para tentar entender! –, Richard tira o celular do bolso do calção e o entrega a Ana Clara. Quando percebem que o celular de Richard é igual aos celulares deles, Ana Clara e Léo se animam! Trocam olhares cúmplices, mas resolvem disfarçar.

– Obrigada.

Ana Clara passa o telefone celular para Léo, que confere os números anotados na fita amarela do Nosso Senhor do Bonfim amarrada em seu pulso.

– É rápido, cara...

Enquanto digita o número, Léo tenta convencer Richard de que aquela ligação não é muito importante.

– ... é que tem um amigo meu aqui em Salvador... e ele me deixou um número de telefone, sabe?

Tanto pela falta de talento de Léo para mentir quanto pelo absurdo do garoto estar ligando para um amigo naquele momento de tensão, Richard não acredita. Um pouco ofendido com a mentira, ele resolve recuar...

– Vou ver se meu pai precisa de mim.

... e deixa Ana Clara e Léo sozinhos.

– Alô?

– *Quem é?*

Voz de uma menina de não mais do que cinco anos. Isso confunde Léo.

– De onde fala?

– *Quem é?*

Outra coisa confunde Léo: ele não sabe o que dizer.

– Quem está falando?

A confusão de Léo irrita Ana Clara.

– Pergunta de onde falam, Léo!

– Se liga, Ana!... de onde falam?

– *Quem é?*

– Pergunta quem está falando!

A irritação de Ana Clara também irrita Léo.

– Eu sei quem tá falando... é uma criança.

Ana Clara também fica confusa.

– Então, pergunta se tem alguma baiana que mora lá.

– Tem alguma baiana que mora aí?

A criança do outro lado da linha grita com alguém que está perto dela.

– *Tá perguntando se tem baiana aqui...*

Léo escuta uma voz de adulta falando com a criança.

– *O que mais tem aqui são baianas... Desligue, minha filha... é trote.*
– *Mãe, o que é trote?*
A menina do outro lado da linha desliga. Léo fica bravo...
– Droga...
E também desliga.
– ... ela bateu o telefone na minha cara.
Ana Clara tira o telefone celular das mãos de Léo, aperta a tecla *send* e espera.
– Alô?
A mesma menina atende.
– *Quem é?*
– Ana Clara.
A menina acha graça ao ouvir o nome de Ana Clara.
– *... eu sou a Jenifer!*
– Posso falar com a sua mãe, Jenifer?
– *Manhê... a Ana Clara quer falar com você.*
Três segundos depois...
– *Alô?*
Voz de mulher adulta.
– Alô!
– *Alô!*
A voz é bem simpática, e o sotaque baiano a deixa mais simpática ainda.
– Será que a senhora poderia me ajudar?
– *Quem está falando?*
– Meu nome é Ana Clara e eu estou procurando uma senhora que vende fitinhas do Nosso Senhor do Bonfim em frente ao Mercado Modelo.
Dois segundos de silêncio.
– *Qual é seu nome mesmo?*
– Ana Clara.

– É minha mãe... Diolinda... com "I" mesmo... eu sou Diva... esse número é só pra recados... ela não tem telefone... mas costuma passar aqui quando volta do trabalho pra ver minhas crianças...

Uma nuvem de tristeza passa sobre Ana Clara. Provavelmente, naquele dia, Dona Diolinda não vai passar na casa de sua filha para ver os netos... A lembrança de Didi, no Mercado Modelo, pedindo que ela e Léo cuidassem dela causa um aperto no coração de Ana Clara.

– ... quer deixar algum recado pra minha mãe, Ana Clara?

– Hã?

– ... perguntei se você quer deixar recado pra minha mãe? É alguma consulta espiritual?

Consulta espiritual? Ana Clara não entende.

– Como assim?

Diva deixa as coisas ainda mais enigmáticas.

– ... escute aqui, Ana Clara. Se minha mãe andou lhe dizendo alguma das bobagens que ela tem falado por aí, esqueça, tá ouvindo? Ela anda muito estressada...

Bobagens? Ana Clara se repete:

– Como assim?

A repetição de Ana Clara confunde Diva, do outro lado da linha; e a baiana simpática passa a falar com um pouco menos de simpatia.

– *Você quer deixar algum recado ou não?*

– Só diga que eu liguei, por favor.

– *Pode deixar.*

– Obrigada.

Assim que desliga, Ana Clara começa a explicar a Léo que ela acha que aquele número de telefone, provavelmente, era um pedido da baiana das fitinhas para que eles avisassem

a família dela de alguma coisa.
— Mas... avisar o quê?
— Será que daqui a três dias a foto de Dona Diolinda também vai estar estampada no jornal?

Com a chegada de Frei Garotão, Jorge Virtual e Richard, a pergunta de Ana Clara fica sem resposta; o que eles têm a dizer é mais urgente.
— Vamos sair daqui, rápido.
— Como assim?
— Depois eu explico.

Percebendo a tensão estampada no rosto de Frei Garotão e de Jorge Virtual, Ana Clara e Léo resolvem seguir o Frei em direção à saída e não fazer mais perguntas... pelo menos não para os dois.
— O que aconteceu, Richard?
— Enquanto o gerente atendia meu pai e o padre...
— É Frei!
— Tudo bem, Léo! Enquanto eles eram atendidos, o gerente recebeu uma ligação e mudou totalmente o jeito de falar; e começou a querer ganhar tempo...

Nesse momento, Ana Clara, Léo, Frei Garotão, Jorge Virtual e Richard já estão do lado de fora do hotel, onde deixaram os carros.
— ... meu pai e o Frei resolveram sair fora.
— Fizeram muito bem.

Depois que concorda com a atitude de Frei Garotão e de Jorge Virtual, Ana Clara percebe que o franciscano está indo pedir o carro ao manobrista do hotel; isso faz com que ela sinta um arrepio... e fique tonta... e que seus ouvidos comecem a zunir... zunir... e tudo em volta dela passa a rodar... o zunido vai se transformando em um som metálico... repetitivo... exatamente o mesmo som de berimbau do sonho que

ela e Léo tiveram. Como quem vai impedir que alguém que vai atravessar a rua seja atropelado, Ana Clara diz:
— Não peça o carro, Frei Garotão!
A aflição na voz da garota assusta a todos, especialmente ao Frei:
— Por quê?
Como se tentasse afastar um pensamento ruim, Ana Clara responde:
— Não sei... mas, por favor, não peça o carro agora...
Voltando-se para o pai de Richard, ela pergunta:
— Onde está seu carro, Jorge?
Jorge Virtual também está achando bem estranha a reação da garota; mas pela convicção dela é impossível não levá-la a sério.
— Do outro lado da rua... não tinha vaga quando eu cheguei; e estava saindo um carro...
— A chave... você deixou a chave com alguém?
Richard mostra um molho de chaves presas a um chaveiro que tem a miniatura de um tambor nas mesmas cores verde, vermelho e amarelo dos tambores dos garotos músicos que ajudaram Ana Clara e Léo a escapar do homem metálico.
— Meu pai deixou a chave do carro comigo.
— Ainda bem...
Caprichando ainda mais na aflição, Ana Clara faz um pedido:
— ... nós podemos ir no seu carro?
— Claro que sim.
— Então vamos logo... estão vindo atrás da gente.
— Como você sabe?
— Não faço a menor ideia, mas eu sei.
Seis segundos para atravessarem a rua em frente ao

hotel; mais quatro segundos para entrarem no carrão preto importado e de vidros escuros – os garotos vão atrás.

– Olha lá...

Ana Clara aponta para a porta do hotel, de onde dois seguranças saem às pressas.

– ... eles estão vindo atrás da gente... dá a partida, Jorge... mas tente não demonstrar que estamos fugindo...

Jorge Virtual dá a partida e sai normalmente, tentando não chamar muita atenção.

– Não nos viram.

Carro em movimento. Todos ainda estão sob efeito do estranho comportamento de Ana Clara, principalmente ela mesma. Léo é quem mais estranha, ele nunca viu a prima agir daquela maneira.

– Tá tudo bem, Ana?

Todos os olhos se voltam para ela. Inclusive os de Jorge Virtual, que mira a garota pelo espelho retrovisor. Passando por cima da óbvia pergunta de seu primo, a garota assume mais uma vez a voz de comando.

– Jorge, por favor, vamos voltar ao Pelourinho.

Temor geral. Léo resume o que todos querem saber:

– Pra quê, Ana?

– O endereço, Léo... nós temos que ir até aquele endereço.

6

— DE QUAL ENDEREÇO você está falando, Ana Clara?
— Por favor, vá indo em direção ao Pelourinho. No caminho, eu explico.

A liderança que ela assumiu não incomoda o seu primo ciumento, nem os outros. Continua impossível não atender aos pedidos daquela garota de olhos negros, grandes e penetrantes.

— Você é quem manda.

Um cansaço começa a abater Ana Clara, e ela parece ter medo dele. Léo percebe.

— Você tá sentindo alguma coisa, Ana?

O primo ter percebido que ela não está bem alivia um pouco a garota.

— Sede.

Richard pega uma garrafa de água mineral, destampa e a oferece a Ana Clara já sem a tampinha.

— Tome.
— Muito obrigada.
— Vou botar uma musiquinha pra gente relaxar.

Usando um controle remoto, Richard sintoniza no rádio uma estação com música eletrônica.

— Abaixa um pouco, filho.

— Tá ficando velho, pai.
A água recupera parte da tranquilidade de Ana Clara. Richard atende ao pedido de seu pai.
— ... tô me sentindo muito cansada... meio sonolenta...
Frei Garotão tem uma teoria.
— Estresse, Ana.
Jorge Virtual também começa a relaxar, mas não está menos surpreso.
— Oxente, menina! Você falou de um jeito... parecia outra pessoa... uma bruxa... sei lá...
— Por que você não queria que nós pegássemos o carro?
— Ah, Frei... eu já não queria que o senhor estacionasse no hotel, lembra?... não sei direito o porquê... eu... eu...
Vendo a dificuldade de Ana Clara em entender o que acabou de acontecer com ela mesma, Frei Garotão tenta ajudá-la.
— Relaxe.
— Eu só vou relaxar depois que encontrar a Didi.
Três segundos de silêncio. Jorge Virtual avisa:
— Estamos chegando no Pelourinho... O carro não pode entrar nas ladeiras... O que é que nós estamos indo fazer lá?
É Léo quem explica, desvendando só uma parte do mistério... talvez, para que seja mais fácil acreditar nele:
— Quando eu estava no banheiro, antes de saber que a Didi tinha sumido, um garoto que se disse analfabeto pediu que eu ajudasse ele a ler um papel com um endereço do Pelourinho...
Ana Clara espera um tempo, para ver se Léo contará que o mesmo fato aconteceu com ela, e ao mesmo tempo. Léo não diz nada. A garota resolve respeitar o silêncio do primo, só completando-o, sem revelar mais nada.
— Nós achamos que era um toque do garoto...

A observação de Ana Clara parece aborrecer Jorge Virtual.
– Que história é essa, menina?
– ... que ele queria nos avisar de alguma coisa.
A confirmação de Ana Clara aborrece ainda mais Jorge Virtual.
– Desculpe, Ana Clara, eu sei que você está cansada... triste... estressada... mas não crie fantasias, não... a realidade já está sendo bem absurda... uma mulher do tamanho da sua tia, sumir...

O comentário de Jorge Virtual ofende um pouco Ana Clara e ela começa a tirar da bolsa o jornal para mostrar ao incrédulo baiano que tem mais gente desaparecendo na cidade.

– ... o Mercado Modelo é superpoliciado... é um absurdo...
– Espere, meu pai...

O pedido de Richard faz com que Jorge Virtual pare de falar e Ana Clara desiste de tirar o jornal da bolsa. Com o controle remoto, o garoto aumenta o volume do rádio, para que os outros ouçam o que ele acaba de ouvir no plantão de jornal da emissora de rádio:

– ... *repetindo... motorista, evite a região central da cidade; o trânsito está um caos... acaba de acontecer um acidente...*

Ana Clara sente um arrepio.

– ... *um carro explodiu na garagem de um hotel, no Campo Grande, e as ruas foram isoladas... não se sabe ainda ao certo a razão do acidente. A princípio, não há feridos. Nossa equipe de reportagem, que estava no hotel para uma entrevista coletiva com o diretor e a atriz de cinema espanhóis, está apurando mais notícias... Voltaremos a qualquer momento com mais informações...*

Nem seria preciso, mas Ana Clara confirma:

— Era o nosso carro... tenho certeza.
— Tô começando a acreditar que a ideia de vocês não é tão absurda!

Ninguém parece ter energia... ou coragem... ou competência... para levar adiante a conclusão de Jorge Virtual; nem ele mesmo. Assim como as ideias travaram, a habilidade motora de Jorge Virtual também trava. Ele para o carro.

— O que foi, meu pai?
— Melhor a gente conversar, antes de seguir.
— Concordo com Jorge.
— Já que você concorda comigo, Frei, me diga o que fazer. Não faço a menor ideia.

Silêncio. Frei Garotão olha para trás e encara Ana Clara e Léo.

— O que acaba de acontecer é muito grave... vocês sabem de alguma coisa que não estão nos dizendo?

Léo começa a apresentar a sua teoria:
— A Didi se meteu em alguma fria... alguma coisa muito séria...

Ana Clara continua:
— ... e alguém quer se livrar dela... e, por tabela, de nós.
— Mas o que poderia ser? Eu não faço a menor ideia!
— ... nem eu!
— Fale mais sobre a Didi, Ana.
— O quê, Frei?
— Por que vocês estão em Salvador?
— Eu já falei tudo, Frei: a Didi é historiadora, especializada na vida dos negros que vieram escravizados da África para o Brasil. Vai ter um congresso aqui sobre esse assunto... ela vai falar...
— E aquela moça de quem vocês estavam fugindo quando me encontraram?

— Rapaz! Que moça é essa?
— Uma amiga de nossa tia, Jorge... ela também é historiadora.
Jorge Virtual começa a ficar bravo.
— E por que vocês não me falaram sobre ela?
— E deu tempo? Nós ficamos confusos em confiar nela, porque em menos de meia hora ela foi chamada por três nomes diferentes...
— Mônica... Fátima... e Isaura... achamos melhor nos separar dela, ao mesmo tempo que fugimos dos Metálicos, dois homens de terno cinza que nos seguiram.
Jorge Virtual fica mais bravo ainda!
— Mas que diacho de Metálicos são esses?
— Nós também ainda não sabemos, Jorge.
— Oxente! Melhor eu dar o fora dessa história.
— Calma, pai!
— Eu preciso saber onde eu tô me metendo, meu filho. E se essa maluca que eu conheci na internet for uma bandida?
— A Didi não é bandida!
A bronca de Jorge Virtual beira a fúria.
— Mas alguém explodir um carro em um hotel por causa dela... boa coisa ela não deve ser.
— Não fale assim de nossa tia, Jorge!
— Abaixa essa voz pra falar comigo, garoto!
Léo fica com medo do tom de voz de Jorge Virtual.
— Você me recebe me chamando de sequestrador, sem motivo nenhum. E agora, depois que um carro explode por causa dela, eu não posso duvidar de sua tia?
Ana Clara está mais calma do que Léo, mas também ofendida com os comentários de Jorge Virtual. Procurando falar com delicadeza, ela dá uma sugestão ao baiano furioso:

— Se você preferir, Jorge, pode nos deixar aqui e ir embora.

A sugestão de Ana Clara acalma Jorge Virtual, ainda que relativamente:

— E posso saber como é que vocês vão se virar sem mim, em uma cidade enorme e desconhecida, pra resolver um assunto sério como esse... sem dinheiro... sem um carro... mesmo na companhia do Frei Garotão, que eu já nem sei mais se é mesmo amigo da família de vocês?

Depois de poucos segundos de silêncio, Ana Clara responde:

— Não faço a menor ideia... mas nós não podemos te forçar a ficar com a gente... e também não podemos perder muito tempo... a Didi precisa de nossa ajuda.

Em vez de pedir desculpas, ou algo parecido, para mostrar que continuará ajudando Ana Clara e Léo a procurar Didi, Jorge Virtual coloca o carro novamente em movimento – o que acaba mostrando que ele continuará com os primos arrepiados! – e retoma a conversa de onde ele tinha interrompido, antes de parar o carro.

— Qual é a rua aonde vocês querem ir no Pelourinho?

— Rua Padre Agostinho.

— É onde fica a Casa do Benin.

— Desde quando você sabe de cor os endereços culturais do Pelourinho, Richard? Se fosse uma loja de *games*...

— Eu tive que ir lá fazer um trabalho de escola, meu pai.

— O que é a Casa do Benin?

Com muito mais atenção e simpatia do que quando falava com seu pai, Richard responde à pergunta de Ana Clara:

— É uma casa de cultura... um museu sobre cultura negra... Benin é um dos países da África de onde vinham os escravos para o Brasil.

Todos se interessam! Ana Clara mais do que os outros.

— A Didi sabe muito sobre a vida dos negros escravizados.
— Quem sabe é na Casa do Benin que vocês têm que ir. Qual é o número, na rua Padre Agostinho?

Léo interrompe Ana Clara:

— Mil e oitocentos.

Mesmo tendo sido Léo quem falou, é para Ana Clara que Richard responde, sorrindo ainda mais...

— Então, não é; a Casa do Benin fica bem no começo da rua.

Também é sorrindo que Ana Clara confirma...

— Então, não é.

As confirmações estão sorridentes demais para o gosto de Léo, o excluído! Ele tem que se meter na conversa... e se mete:

— Ana Clara, acho melhor você não descer do carro, no Pelourinho.

— Ficou maluco?

Não, Léo não ficou maluco! E a teoria que ele defende é bastante racional e consistente.

— Se os Metálicos ainda estiverem procurando a gente no Pelourinho, eles já tiveram tempo de se organizar melhor, e o perigo, agora, deve ser bem maior... eles conhecem a gente... sabem como estamos vestidos...

Léo faz uma pausa para Ana Clara contra-argumentar; mas ela não tem argumentos, e isso deixa a garota irritada! Muito irritada!

— Continua, Léo.

— A minha ideia é que... Richard, você não disse que ia para o jiu-jítsu?

— Ia... quer dizer, disse.

— Será que você me empresta o seu quimono, o seu boné e os seus óculos escuros? Eu tomo cuidado.

Richard, que já está entendendo a estratégia de Léo, concorda com um aceno. Léo continua, falando agora também com os outros do carro:

— Eu pensei que eu poderia me disfarçar com o quimono, os óculos e o boné e ir à rua Padre Agostinho, com o Frei Garotão... o senhor topa, Frei?

— Claro.

— E você fica aqui no carro, Ana, com o Jorge e o Richard...

Essa pausa de Léo é para pegar um carregador de bateria de celular que ele viu caído no chão do carro, e que é exatamente igual ao dele.

— Esse carregador de bateria é seu, Richard?

— Sim.

Léo volta a falar com a Ana Clara.

— Você pode ligar um dos nossos celulares no acendedor do carro e nós vamos nos comunicando pelo celular; se o Richard puder emprestar o celular dele... os nossos telefones estão sem bateria, sabe, Richard?

A estratégia de Léo parece perfeita para o momento. Só Jorge Virtual tem um reparo a fazer.

— Tá quase tudo ótimo. Só acho melhor eu ir com você, e não o padre. Por mais fortes que sejam esses caras que estão atrás de vocês, eles não vão se atrever a se meter com um homem do meu tamanho; ainda mais se eu também estiver de quimono e com a minha faixa... eu sou faixa-marrom no jiu-jítsu. O meu quimono também está no carro.

O silêncio de Léo faz Jorge Virtual entender que ele concorda com a adaptação de sua ideia.

— Eu vou deixar o carro em um estacionamento que eu conheço, ao lado do posto policial. O padre, meu filho e você, Ana, vão ficar seguros... chegamos!

Carro no estacionamento. Léo pula para o bagageiro; veste o quimono branco de Richard e coloca também o boné e os óculos escuros do garoto.

– Seus olhos são azuis, Richard!

Ana Clara se envergonha um pouco da exclamação que ela deixou escapar! Richard, ao contrário, gosta muito! Léo, aborrecido, acha melhor deixar isso pra lá, pelo menos por enquanto. Ali mesmo, no banco da frente, Jorge Virtual coloca seu quimono sobre a roupa de ginástica que está usando.

– O senhor sabe dirigir carro automático, padre?

– Sei, Jorge.

– ... e você, Léo, corre bem?

– Demorou!

Jorge entrega a chave ao Frei Garotão.

– Se o Léo voltar sozinho, e correndo, não espere por mim, padre... meu filho sabe ensinar o caminho de minha casa; eu encontro vocês lá...

– Mas, meu pai...

– Nem um pio, moleque... vou deixar o estacionamento pago, caso vocês precisem sair às pressas... qualquer coisa diferente disso, chamem a polícia, aqui do lado.

– Boa sorte, pai...

Richard entrega o celular a Léo.

– Boa sorte, Léo.

– Valeu, cara!

Ana Clara abraça Léo...

– Me liga assim que chegar lá.

– Deixa comigo.

Ela dá um beijo no rosto do primo. Ele fica um pouco sem graça. Quando Léo vai saindo do carro, ele pensa em algo, volta e dá um beijo no rosto de Ana Clara.

– Eu não estou deixando você sozinha... Frei Garotão, por favor, cuida um pouco da Ana Clara pra mim?
– Pode deixar.
– Para, Léo!
– Nós vamos achar a Didi.
O excesso de atenção de Léo envergonha e incomoda Ana Clara.
– Vai logo, Léo.
Léo e Jorge Virtual descem do carro. Richard trava as portas, pede o celular a Ana Clara, conecta o aparelho ao carregador e o carregador ao acendedor do carro, que também funciona como fonte de energia.
– Quer que eu deixe o rádio ligado, Ana?
Silêncio.
– Ana?
O silêncio continua.
– Ana Clara...
Para ser escutado pela garota, Frei Garotão fala um pouco mais alto do que Richard.
– O que foi, Frei?
– ... o Richard está falando com você.
– Desculpa... o que foi, Richard?
– Perguntei se você queria que eu desligasse o rádio... mas eu já desliguei.
– Eu estava tentando juntar duas ou três pontas dessa história na minha cabeça.
– Será que nós podemos ajudar você?
No lugar de responder à pergunta de Frei Garotão, Ana Clara tira da bolsa o jornal, desdobra-o e o entrega ao franciscano, que lê a reportagem com os olhos bem arregalados.
– O que você acha que isso quer dizer?

— No mínimo, que não foi só a Didi quem desapareceu no Mercado Modelo.

Ana Clara se lembra da mulher vestida de baiana – que agora ela sabe que se chama Dona Diolinda – amarrando as fitinhas no pulso dela, de Didi e de Léo.

— E o que você acha que isso quer dizer, Ana Clara?

— O Léo viu os Metálicos, que estavam atrás de nós, levarem embora um repentista cego... e uma senhora que, além de vender fitinhas do Nosso Senhor do Bonfim, deve ser mãe de santo. O nome dela é Diolinda.

Frei Garotão se interessa mais pela segunda informação do que pela primeira.

— Por que você acha que era uma mãe de santo?

— Desculpa, Frei.

— Desculpar o quê?

— Eu falar, assim, em mãe de santo... o senhor é franciscano...

— ... mas não sou ignorante! Deus se manifesta de várias formas; eu escolhi ouvi-lo através das ideias de São Francisco de Assis... por que você acha que era uma mãe de santo?

Nenhuma resposta no ar... Frei Garotão sorri.

— Ana Clara, eu tenho certeza de que você e seu primo estão nos escondendo alguns detalhes; e eu respeito isso. Mas pense que tem coisas que podem nos ajudar a ajudar vocês.

Depois de conferir a sinceridade estampada no olhar do Frei Garotão, Ana Clara resolve abrir um pouco mais o jogo:

— A fitinha do Nosso Senhor do Bonfim que a baiana amarrou no pulso do Léo tinha um número de telefone... e, como a Diolinda também sumiu, enquanto o senhor falava com o gerente do hotel, eu liguei e descobri que ela também dá consultas espirituais, deve ser uma mãe de santo, do candomblé.

— Um cego... um senhor de mais de oitenta anos... uma mãe de santo... sua tia...

O celular que Ana Clara colocou para carregar solta um sinal sonoro.

— Será o Léo?

Mesmo sabendo que o sinal sonoro não se trata de um toque, Ana Clara vai conferir. Ela passa para o banco do motorista, para poder manusear o celular sem desconectá-lo do cabo que está preso no acendedor.

— Não é ele, não... é um aviso de que tem mensagens novas no meu celular...

Ana Clara se lembra de que o celular não é dela!

— ... quer dizer, no celular da Didi...

Ao se lembrar de que o celular é de sua tia, Ana Clara se anima...

— ... nós trocamos de celular, um pouco antes da Didi sumir... quem sabe tenha aqui alguma pista...

Alarme falso! A nova mensagem é da operadora da telefonia celular oferecendo um novo pacote com mais minutos grátis.

— Grátis! Só na propaganda é que é de graça...

Agora, sim, o telefone toca! Richard quer saber:

— É o Léo?

Conferindo o número, Ana Clara se aborrece...

— Não... e eu acho que vamos ter mais problemas.

... e atende o telefone:

— Oi, mãe!

Poucas foram as vezes em que a mãe de Ana Clara começou uma conversa telefônica pelo começo. Não seria agora, que está mais aflita do que de nunca, que ela faria diferente.

— *Minha filha, por que vocês não atendem os telefones? Eu estou ligando desde que soube da notícia... por que você está atendendo o telefone da Didi e não ela? Onde está seu primo?*

Ana Clara tenta ganhar tempo para se organizar.

— Qual pergunta você quer que eu responda primeiro, mãe?

— *Não seja mal-educada... se bem que isso me dá um certo alívio...*

— Alívio?

— *... sinal de que está tudo bem!*

— Já sei... você tá nervosa!

— *Claro que estou... acabei de ver tudo na televisão.*

— Você está falando sobre a explosão do carro no hotel?

— *Sobre o que mais eu poderia estar falando?*

Ufa! A mãe de Ana Clara ainda não sabe de nada sobre a Didi.

— *... o telefone do hotel só está dando ocupado... ocupado...*

— *Helloo?* Mãe? Todo mundo deve estar aflito... fica tranquila, tá tudo bem... nós nem ficamos no hotel.

— *Não?*

A garota sabe que tem de ser rápida.

— Durante o voo, a Didi encontrou uns amigos dela daqui de Salvador, e nós mudamos de rota. Estamos na casa deles... são superlegais...

— *Amigos? Que amigos?*

— Amigos do congresso!

— *A casa é perto do hotel que explodiu?*

— Não foi o hotel que explodiu, mãe... só um carro.

— *Em que bairro vocês estão hospedados?*

— Em que bairro fica a sua casa mesmo, Richard?

— Stella Maris.

— Stella Maris, mãe.

— *Então, os amigos da Didi são ricos...*

— Devem ser.
— *Onde está sua tia?*
A saudade que Ana Clara está sentindo de Didi faz o coração dela bater um pouco mais forte.
— A Didi foi com a Mônica procurar um livro que elas precisam usar no congresso... ela levou o meu celular e deixou o dela aqui, carregando a bateria... Quando a Didi chegar, eu falo pra ela te ligar... Mãe, sabe quem vai chegar aqui amanhã?
— *Não faço a menor ideia!*
— Não... o Vô Felipe!
O comentário de Ana Clara assusta ainda mais Frei Garotão, que já acompanhava a conversa bastante intrigado: *Por que essa garota está mentindo tanto para a mãe?*
— *Meu tio?*
— Hum-hum... está tendo um congresso de franciscanos aqui... na Igreja de São Francisco... que é linda!
— *Eu conheço... ela é toda forrada em ouro...*
— É essa mesma... um franciscano amigo do Vô Felipe veio no nosso avião e ficou hospedado aqui com a gente, a convite da Didi.
— *Sua tia convidou alguém para se hospedar em uma casa que não era dela? Meu Deus, quando é que a minha irmã vai mudar?!*
— Acho que nunca... quer falar com o amigo do Vô Felipe? É o Frei Garotão.
— *Esse nome não me é estranho...*
— Ele está aqui ao meu lado...
— *... melhor eu não incomodar o Frei, Ana. Só mande um abraço.*
Tudo faz Ana Clara perceber que sua mãe já está convencida de que está tudo bem.
— Minha mãe está mandando um abraço, Frei.

Achando tudo um pouco confuso, Frei Garotão retribui.
– Outro para ela.
– Ele mandou outro. Mãezinha, agora eu vou desligar... eu falo pra Didi te ligar... anota o número do telefone da casa onde nós estamos...

Richard passa o número do telefone de sua casa para Ana Clara. Ela o repete para a mãe, desliga... e o telefone toca novamente.
– Agora, sim! É o Léo... alô?
– *Tá tudo bem aí?*
– Hum-hum... e aí?

Léo está um tanto quanto empolgado.
– *O caminho que o Jorge Virtual fez foi animal... chegamos rapidinho... tá todo mundo olhando pra gente... mas ninguém tem coragem de mexer...*
– Helloo? Léo? Você acha que é isso o que eu quero saber?
– *Foi mal... a rua não tem número mil e oitocentos.*
– Tem certeza?
– *Se liga, Ana! É difícil não se ter certeza de uma coisa dessas...*
– E os Metálicos?
– *Nem sinal deles.*
– Tem certeza de que a rua não tem o número mil e oitocentos?
– *Quase tem, mas não tem.*
– Como assim?
– *Do lado par, ela termina no número 1.798... e, depois, só tem os escombros de um antigo casarão...*
– Então, tem número 1.800, sim: o casarão.
– *... não tem, Ana. Não tem número... nem portas... nem janelas... o Jorge tá achando que o lugar é usado pelos moradores de rua pra dormir, sei lá...*

– Você entrou nele?
– *Tá louca? Pode ter bêbados... e se eles acharem ruim?*
– Olhando da porta, o que você consegue ver dentro do casarão abandonado?
– *Espera aí... montes de lixo... o chão é de terra... tem caixas vazias...*
– Entra no casarão, Léo.
– *Pra quê?*

Mesmo sem saber responder com argumentos, Ana Clara reforça o que pediu, repetindo só o verbo, a parte de seu pedido que determina a ação.
– *Entra... por favor.*

Léo passa a falar com Jorge Virtual, ao lado dele.
– *Ela quer que eu entre no terreno.*
– *Pra quê?*
– *Ela não disse.*
– *É perigoso... pode ter aranhas... cobras... ratos...*
– Léo, tem que ter alguma coisa aí que nos interessa... entra.
– *Ela tá insistindo, Jorge... espera um pouco...*

Pela maneira como Léo fala "espera um pouco", Ana Clara percebe que ele deve ter visto alguma coisa.
– O que foi que você viu?

É com Jorge Virtual e não com Ana Clara que Léo fala.
– *Você tá vendo?*
– *O quê, Léo?*
– *As garrafas, Jorge... tem garrafas vazias espalhadas por toda parte... pilhas de garrafas... cacos de garrafas...*
– *... são todas iguais mesmo!*

Parece que Léo viu mais alguma coisa do que garrafas velhas e iguais!
– *Caramba!*

Ana Clara não está aguentando de tanta expectativa.
– O que é que têm as garrafas, Léo?
– *Só um minuto, Ana... Jorge, por favor, você pode pegar uma garrafa vazia inteira pra mim?*
– Qual?
– *Qualquer uma... tô vendo que são todas iguais.*
– Você e sua prima são loucos! E, pelo visto, eu estou indo pelo mesmo caminho.
Léo escuta um chiado esquisito...
– *Alô? Ana? Tá me ouvindo?*
– Léo, eu não aguento mais esperar...
– *Sua voz está meio falhada.*
– Deve ser problema da ligação... o que é que têm as garrafas?
– *Só um minuto, Ana... o Jorge foi pegar uma garrafa... Voltou... obrigado, Jorge! Yeess! Eu estava certo!*
– Certo em quê?
– *Você tá sentada?*
– Fala logo, Léo... eu vou ter um troço!
– *Todas as garrafas são iguais e têm aquele rótulo...*
Ana Clara sente um arrepio.
– Qual rótulo?
– *... da mulher enterrada viva.*

7

— OXENTE, MENINO! QUE *história é essa de mulher enterrada viva?*
— *Daqui a pouco eu explico, Jorge. Entendeu o que eu disse, Ana?*
— Claro que entendi... traz uma garrafa com você.
— Garrafa?
— Daqui a pouco eu explico, Frei... ouviu, Léo?
— *Óbvio que ouvi... você tá gritando.*
— Gritando? Estou falando normal.
— *Você tá gritando desde que teve aquele chiado...*
— Qual chiado?
— *... que deixou a sua voz estranha.*
Ana Clara se assusta!
— Tem alguém escutando a nossa ligação, Léo... vou desligar... traz a garrafa.
Sem nem esperar Léo responder, Ana Clara desliga.
— Você tá branca, Ana. O que foi?
— Alguém estava escutando a nossa ligação...
— "Alguém" quem?
— ... já sabem que estamos aqui...
— Calma, Ana! O que aconteceu?
Mesmo depois de respirar fundo, Ana Clara não consegue se livrar da sensação de perigo que ela sente no ar.

— O Léo ouviu um sinal que eu acho que significa que a nossa conversa estava sendo gravada... grampeada... É melhor a gente ir embora.

Richard tem o que parece ser uma boa ideia.

— Vou pegar outro celular na mochila e ligar no celular de meu pai.

O que é dito, é feito.

— Pai?

— *O que foi, menino?*

— Tá tudo bem?

— *Claro que não, né? Com essa confusão toda!*

— A Ana Clara acha que a conversa dela com o Léo foi grampeada.

— *Oxente! O que foi, menino?*

— Eu já disse: a Ana falou que...

— *Não é com você que eu tô falando... é com o outro menino. O Léo.*

Léo responde à pergunta de Jorge Virtual, falando baixo e com gravidade no tom da voz.

— *Os caras...*

— *Que caras?*

— *Se liga, Jorge! Aqueles dois caras de terno cinza, os Métalicos, eles estão vindo atrás da gente.*

Richard repete para Ana Clara e Frei Garotão o que acaba de ouvir. O clima no carro fica mais tenso do que já tinha ficado com a hipótese de Ana Clara de que a conversa estava sendo gravada.

— Eles ainda estão longe?

— Falta muito pra vocês chegarem, pai?

— *Falta pouco... vou desligar, Richard. Tenho que resolver isso.*

— Você tá pálido, Richard.

– Como você ficaria se o seu pai estivesse sendo perseguido por dois caras que você não tem a menor ideia de quem são?
– Desculpa, Richard.
– Eu é que peço desculpas, Ana.
Os olhos de Ana Clara e de Richard conferem com mais cuidado os detalhes do rosto um do outro; e os dois parecem gostar do que estão vendo. Mas o clima é quebrado por uma frase do Frei Garotão.
– A polícia... vamos lá fora falar com a polícia.
– Não, Frei.
Frei Garotão não escuta ou finge não escutar o pedido de Ana Clara.
– Venham comigo.
Ele abre a porta do carro e desce, fazendo sinal para que Ana Clara e Richard o acompanhem. Não há como negar. Fora do carro, não muito longe, há um posto policial. Na calçada, três homens fardados conversavam animadamente, mas silenciam para acompanhar com atenção a aproximação de Frei Garotão, Ana Clara e Richard.
– Vê lá o que o senhor vai dizê, Frei!
– Deixa comigo, Ana.
É o mais baixo e o único negro entre os três policiais quem pergunta ao frei:
– Pois não, padre?
– Boa tarde, amigo. Eu estou aqui no estacionamento aguardando meu amigo, pai desse garoto, no carro da família deles; e ele me ligou do centro histórico temendo estar sendo seguido por dois homens vestindo terno...
– Dois homens de terno?
– Sim, senhor.
O policial acha aquele comentário pouco comum.

— Serão da polícia?
— Ele desligou às pressas... não sei.
— Precisamos de mais informações.
— Olhe, meu pai.

Todos olham para onde Richard apontou e conferem Jorge Virtual e Léo andando com alguma velocidade na direção deles.

— Parece que está tudo bem, padre.

Ao ver os dois Metálicos seguindo a alguma distância Léo e Jorge Virtual, Ana Clara discorda do policial.

— Não está, não...

Ana Clara não quer demonstrar que conhece os Metálicos.

— ... tem dois homens de terno cinza atrás deles.

Nesse momento, a distância dos que chegam não é muito grande e os Metálicos, ao reconhecerem Ana Clara no pequeno grupo que fala com os policiais, mudam de ideia e saem correndo na direção contrária em que vinham, de volta para as ladeiras que levam ao centro histórico. Esse movimento chama a atenção dos policiais.

— Vamos atrás deles, Matias.

Quando os dois policiais saem correndo atrás dos Metálicos, esbarram em Jorge Virtual e Léo, que acabam de chegar. Léo quer saber:

— Tá tudo bem aqui, Ana?
— Hum-hum... e com vocês?

Léo disfarça.

— Acho que foi só um susto.

O policial que falava com Frei Garotão passa a falar com Jorge Virtual.

— O senhor foi seguido?

Vendo que Ana Clara e Léo temem pela resposta que ele dará, Jorge Virtual tenta minimizar o que pretendia dizer:

– Não tenho certeza... aqueles dois homens de terno cinza que saíram correndo começaram a me seguir e também ao garoto que eu estava acompanhando.

Jorge Virtual escolhe com muito cuidado as palavras que usa; isso não passa despercebido ao policial.

– O senhor estava acompanhando o garoto exatamente aonde?

Temendo pela resposta do pai, Richard se precipita:

– Eu e o Léo estávamos fazendo um trabalho de escola na Casa do Benin e ele esqueceu a agenda lá...

Enquanto escuta a explicação de Richard, o policial confere a garrafa antiga e vazia que Jorge Virtual segura.

– ... encontrou, Léo?

Léo é tão rápido quanto Richard; e sabe que, além de fazer o policial acreditar nele, tem de justificar aquela garrafa. Por isso ele fala primeiro com o policial...

– Que nada! Mas seu pai encontrou mais uma garrafa velha pra coleção dele.

Jorge Virtual, entrando na encenação proposta pelos garotos, mostra a garrafa ao policial; garrafa que Léo deu um jeito de lavar, em um bar da rua Santo Agostinho, tomando todo cuidado para não destruir o rótulo.

– O senhor já ouviu falar em TOC?

Conferindo o rótulo da garrafa, o policial responde:

– Não.

– Transtorno obsessivo-compulsivo... me faz colecionar tudo... e ir atrás de cada coisa... mas meu psicanalista disse que com o tempo meu mal tem cura. Colecionar garrafas velhas de pinga, onde já se viu? Pelo menos é melhor do que colecionar garrafas novas... e cheias... e bebê-las... o senhor não concorda?

O policial ameaça um sorriso.

— Ainda bem que o senhor só coleciona garrafas vazias... pra colecionar garrafas dessa pinga, o senhor teria que ter nascido há mais de cem anos...

Ana Clara se interessa um pouco mais pela informação do policial.

— Como o senhor sabe?

— Essa pinga não existe mais... e há muito tempo.

Léo imita Ana Clara e fica ainda mais interessado depois da informação do policial.

— Como é que o senhor sabe?

— Eu sou de Canavieiras, no sul do estado. Essa pinga era produzida em um alambique em minha cidade.

Fica um silêncio um tanto quanto investigativo no ar; como se o policial esperasse mais alguém reforçar alguma dúvida, para saber se aquela pergunta repetida de Ana Clara não tinha propósitos mais profundos do que mera curiosidade. Todos se contêm. Vendo que aparentemente não é esse o assunto que interessa aos que o escutam, o policial relaxa e completa:

— Essa pinga tem uma história terrível... dizem que o dono da fazenda que produzia a Enterrada Viva ficou viúvo sete vezes; e que quando ele se enjoava das mulheres, enterrava elas vivas e deixava que morressem sufocadas... aí, ele plantava um canavial em cima delas... diz a lenda que os sete fantasmas das sete mulheres enterradas vivas começaram a aparecer para aterrorizar o fazendeiro... cada uma assustando a seu jeito e se rivalizando com a outra, de quem tinham muito ciúme... essas assombrações e a disputa entre elas levou o fazendeiro à loucura, e fez com que ele falisse...

Depois de uma pequena pausa, para se recuperar de alguma lembrança ruim, o policial completa:

— ... estranho... muito estranho...

Silêncio absoluto... outra ideia parece perturbar o policial. Ninguém se atreve a perguntar. Mesmo assim, ele continua:

– ... ultimamente, enquanto eu faço a ronda no Pelourinho, tenho visto garrafas vazias da pinga Enterrada Viva nos lixos, nos becos... A pinga não existe mais... parece que nem a fazenda existe mais... só se algum herdeiro da família está querendo voltar a produzir a pinga... mas não faz muito sentido, essas garrafas vazias.

Aproveitando-se da nova pausa do policial, Jorge Virtual resolve levar a conversa para um assunto que interessa mais a ele do que histórias de fazendas mal-assombradas.

– E os dois homens que pareciam estar nos seguindo, o senhor também já viu por aí?

– Não, senhor.

Os dois policiais que tinham ido atrás dos Metálicos acabam de voltar.

– Capitão Obeid, perdemos os homens nas ladeiras do Pelô!

O policial que contou a história continua falando com Jorge Virtual:

– ... o senhor quer formalizar uma queixa? Assim, eu posso destacar alguém para procurá-los por mais tempo.

Jorge Virtual tenta falar com o máximo de naturalidade.

– Na verdade, eles não conseguiram fazer nada... está tudo bem comigo e com o Léo. E nós estamos um pouco atrasados. Mas fiquem atentos...

Desagrada um pouco ao policial a última observação de Jorge Virtual.

– Nós estamos sempre atentos.

– Desculpe, eu não quis ofender o senhor.

Talvez para confirmar a atenção que mencionou a Jorge Virtual, o policial se volta para Léo com uma pergunta:

— Sua família mora em Salvador há pouco tempo?
— Hã?
— Seu sotaque é do sul... de São Paulo, não é?

As perguntas do policial tanto surpreendem quanto assustam Léo.

— É... sou.
— ... e sua agenda? Você encontrou sua agenda, garoto?
— ... eu... quer dizer... não encontrei.
— Deixe seu nome, o seu telefone e o nome de sua escola, caso alguém devolva a sua agenda aqui no posto policial.

Pela maneira como o policial fala, fica claro a todos que ele não acreditou na história da agenda perdida. Léo tem de ser rápido! Valendo-se de uma segurança que ele encontra sabe-se lá onde, o garoto fixa os olhos nos olhos do policial.

— Meu nome é Leonardo Mesquita de Medeiros.... na agenda tem anotado o meu telefone e o nome da minha escola, caso alguém entregue a agenda.

Richard emenda-se na fala de Léo:

— ... agora, o senhor nos dá licença? Temos que entregar o trabalho da segunda-feira de manhã; e os padres lá do Semiexternato Sagrado Bom Jesus da Lapa são jogo duro: além de ter conteúdo, o trabalho tem que estar limpo, com ilustrações, gráficos... Vamos embora?

Curtas despedidas...

— Se encontrarmos sua agenda, eu entro em contato, Leonardo.
— Valeu, Capitão Obeid.

Ana Clara, Léo, Richard, Frei Garotão e Jorge Virtual vão para o estacionamento e pegam o carro.

— Fez muito bem de inventar um nome de colégio, meu filho.
— Deixa eu levar a garrafa vazia, Léo?

O garoto atende ao pedido da prima; mesmo sem entendê-lo...
– ... tudo bem, Ana.
Quando o carro está saindo do estacionamento, Richard percebe algo que o desagrada...
– Sujou!
... e que ele sabe que tem que dividir com os demais.
– Meu pai, o policial tá anotando o número da placa de seu carro. Conferindo pelo retrovisor o que seu filho diz, Jorge Virtual dá de ombros.
– Eu não devo nada a ninguém...
– ... mas, pelo visto, os tais Metálicos devem; se não, eles não teriam fugido da polícia.
– Tem razão, Frei.
Três segundos de silêncio.
– Com o que você trabalha, Jorge?
A pergunta de Frei Garotão atrapalha um pouco a concentração de Jorge Virtual.
– Eu... te-tenho um... hotel... uma rede de pousadas espalhadas pelo estado da Bahia.
O franciscano estranha o tom da resposta de Jorge Virtual.
– Por que você gaguejou pra dar uma resposta tão simples?
– É que...
Léo tem uma teoria.
– ... ele tinha mentido para a Didi dizendo que trabalhava com um grupo de percussão.
– Você mentiu, meu pai?!
Jorge Virtual não gosta muito do tom superior de Léo e tampouco do tom de bronca de seu filho, mas é obrigado a concordar.
– Eu não queria que ela soubesse que eu sou um

empresário tão bem-sucedido quanto eu sou... essas pessoas que a gente conhece na internet...

A resposta de Jorge Virtual aborrece um pouco Léo. Afinal, o baiano que teclou com Didi queria do garoto sinceridade... transparência...

— Tá ouvindo, Ana? As mentiras que o Jorge contou para Didi... Ana... ei, Ana... você tá ouvindo?

Ana Clara, que estava com os olhos fixos à janela do carro como se observasse alguma coisa do lado de fora, continua assim, concentrada, mas responde ao primo:

— Claro que estou ouvindo... mas isso não tem a menor importância.

— O que é que você tá vendo lá fora?

— Eu estou vendo é aqui dentro... dentro da minha cabeça.

A frase enigmática de Ana Clara assusta Jorge Virtual.

— O que é que a nossa bruxinha tá prevendo?

— Prefiro falar mais tarde... e eu não sou bruxa.

Silêncio enigmático. Como agora ele está sentado ao lado da prima, Léo tenta falar com ela em particular, cochichando, como faziam quando estavam querendo falar sem serem ouvidos por Mônica... ou por Fátima... ou por Isaura.

— Você tá pensando na história que o policial contou?

Mesmo aceitando cochichar, da forma como seu primo fez, Ana Clara não parece disposta a deixar escapar o que quer que ela esteja pensando.

— Mais tarde, Léo... prefiro falar mais tarde.

Algumas quadras depois, Frei Garotão quer saber:

— Pra onde é que nós estamos indo agora?

O dono do carro tenta assumir a liderança.

— Se ninguém se incomodar, para a minha casa... vocês devem estar famintos.

Os primos confirmam a hipótese de Jorge Virtual com um aceno positivo de cabeça. Frei Garotão, não.

– ... em minha casa, vocês poderão tomar um banho... eu tenho uma empregada ótima; ela prepara um lanche... e nós tentamos organizar uma estratégia... pedir ajuda a alguém.

– Eu preciso falar com os outros franciscanos sobre o carro.

– De minha casa fazemos isso, padre... Oxente!

Só depois que veem a grande movimentação poucas quadras à frente deles é que as outras pessoas que estão no carro entendem o porquê de Jorge Virtual ter terminado a frase com *oxente!*.

– O corredor da Vitória está todo parado, meu pai.

– Deve ser porque estão desviando o trânsito do Campo Grande... eu não devia ter vindo por aqui. Vou tentar escapar do trânsito.

Ainda bem que tinha ainda uma saída à direita!

– Vou entrar por aqui...

Fora do congestionamento da avenida Sete de Setembro, também conhecida como corredor da Vitória, Jorge Virtual suspira aliviado.

– ... ainda bem! Vamos descer pela praça Castro Alves.

Algumas curvas e ruas depois, o carrão preto de Jorge Virtual cruza a praça Castro Alves. Léo está chocado.

– Essa é a praça Castro Alves que a gente vê na televisão no Carnaval?

Richard faz questão de confirmar...

– É, sim...

... ele e Léo já estão bem mais simpáticos um com o outro.

– ... é aqui que se encontram os trios elétricos.

– Isso é impossível... ela é muito pequena!

– Depois do que está nos acontecendo, Léo, você não

deveria achar nada impossível, nem o tamanho da praça Castro Alves.

— Tem razão, Ana.

A conversa sobre o Carnaval da Bahia fez a saudade de Ana Clara aumentar...

— ... a Didi adora o Caetano!

Léo se lembra de que está com o quimono de Richard.

— Lá em casa, você me devolve... sem problemas.

Mais algumas curvas e ruas... e o carro de Jorge Virtual chega a uma avenida à beira-mar, exatamente a uma praia onde há uma construção antiga no alto de um morro.

Richard fala com Ana Clara e Léo ao mesmo tempo.

— Aqui é o Porto da Barra...

— Era aqui que eu estava correndo quando a Mirtes tentou falar comigo... pela última vez.

— Ali em cima vocês estão vendo o Forte de Santo Antônio... pena que ainda faltam algumas horas... o pôr do sol aqui é lindo.

Ana Clara sorri, quase triste, como se estivesse cansada.

— Quem sabe outro dia a gente volte pra ver.

— Por que você ficou triste, Ana Clara?

— Eu já estava, Léo. Só tinha esquecido.

Frei Garotão se volta para trás e sorri para Ana Clara.

— Nós todos contamos com o seu bom astral, Ana Clara, para ajudarmos a sua tia a sair dessa.

A maneira como o Frei fala enche Ana Clara de alegria... e ela sente seu ânimo redobrado.

— Deixa comigo, Frei.

Logo depois da praia do Porto da Barra, o carro de Jorge Virtual inicia um percurso cheio de curvas, com uma vista estonteante do encontro de céu e mar... e que mar!

— Essa praia aqui é Ondina.

Depois da praia de Ondina, vem uma sequência de praias também muito bonitas, mas impróprias para banho, por causa da poluição das águas.

Durante os muitos quilômetros de praias, dá para ver que o movimento no calçadão é intenso. Algumas pessoas correm. Outras, de mais idade, andam... outras pedalam... mesmo sendo praticamente o meio da tarde, é verão, férias, e os quiosques estão lotados.

– A cidade está apinhada de turistas... lá para março, o movimento cai um pouco, só um pouco! Graças a Deus!

Muitos quilômetros depois, surge um coqueiral à beira--mar, que completa ainda mais a beleza da orla marítima.

– Aqui começa a praia de Piatã... a partir desse coqueiral a água é própria para banho.

– É, meu pai... mas quase ninguém da cidade toma banho aqui, não. O bom mesmo é lá para os lados de nossas casas...

Só agora Richard diz o que todos já sabiam:

– ... eu e meu pai moramos separados. Eu vivo com minha mãe em uma casa próxima ao condomínio onde é a casa de meu pai. É no condomínio dele que moram as cantoras mais...

– Deixe de se exibir com a fama dos outros, menino... Essa praia que estamos começando a ver é a famosa praia de Itapoã.

Além dos banhistas, tem certa agitação de pescadores, e mesmo da avenida dá para ver em um canto da praia alguns pequenos barcos de pesca ancorados e outros chegando, vindos do mar.

Léo tem uma dúvida:

– Esses pescadores e barracas de peixe são de verdade?

– Oxente! Claro que são!

— Pensei que nem existissem mais pescadores... só companhias de pesca.

— Não diga um absurdo desse... não há nada melhor do que parar aqui em Itapoã, pedir um acarajé ali naquele largo e sentar junto com os pescadores pra saber como foi a pesca... e as histórias que eles têm pra contar...

Ana Clara se lembra de que Mônica... ou Fátima... ou Isaura... já tinha comentado sobre a fama do acarajé daquele lugar. Mas não é esse o fato que Ana Clara comenta:

— O aeroporto fica por aqui, não fica?

— No final de Itapoã, nós vamos seguir à direita, acompanhando o mar. Virando à esquerda, no sentido contrário, tem a Lagoa do Abaeté, com suas dunas de areia, e, em seguida, um pouco à frente, fica o aeroporto.

Léo se interessa!

— Dunas de areia?

— Vai me dizer que, além de não acreditar em pescadores, você não sabe o que são dunas de areia, Léo? São montes de areia que se formam naturalmente...

— Eu sei o que são dunas, Jorge, não é isso! É que, quando nós chegamos de avião, eu não vi nenhuma duna.

Entendendo aonde seu primo quer chegar, Ana Clara confirma o que ele está dizendo:

— Nem eu.

Richard tem uma hipótese:

— Talvez porque vocês estavam sentados no avião do lado oposto à Lagoa... andaram tirando muita areia das dunas, sabe?

O comentário de Richard, depois que ele lança sua hipótese, já não interessa mais a Ana Clara e Léo.

— Dunas, Léo... nós estamos sendo levados para perto de dunas.

– Tô ligado!

É claro que, com essa troca de comentários, Ana Clara e Léo estão se lembrando de que o pesadelo que compartilharam tinha montes e montes de areia. Ninguém, a não ser os dois, entende o que eles estão querendo dizer.

Jorge Virtual está achando tudo perigoso demais para deixar alguma coisa sem ser esclarecida.

– Que história é essa de dunas?

Agora, em vez de comentários em código, Ana Clara e Léo trocam olhares codificados, como se um consultasse o outro se deve ou não falar sobre o sonho.

– Oxente! Não tô gostando nada desse silêncio.

Parece que Ana Clara não sabe o que fazer.

– E agora, Léo?

– Melhor falar.

A maneira como o garoto responde deixa claro que Léo, além de achar que o melhor é falar, quer que sua prima faça isso.

– Tá legal... eu falo...

Mas Ana Clara tem de adiar um pouco sua intenção de falar. Antes, ela precisa atender o celular de Didi, que começou a tocar. Depois de conferir o número que está chamando, mais uma vez, fica parecendo para Léo que sua prima não sabe o que fazer.

– Quem é, Ana?

– A Mônica.

8

O CELULAR DE DIDI continua tocando...
– É a Mônica...
... Ana Clara continua sem saber o que fazer...
– ... ou a Fátima... ou a Isaura...
... não é preciso que a garota explique quem é Mônica: todos já sabem.
– O que é que eu faço, gente?
Ver Ana Clara – a garota decidida, enigmática, aparentemente com poderes sobrenaturais – tão fragilizada, insegura e usando um tom de voz agudo que mais a aproxima de uma criança do que de uma adolescente gera um clima de desconforto. Sinal de que aquele caos, que todos julgavam estar sob o controle da garota, não está sendo controlado por ninguém.
– Eu atendo.
Frei Garotão volta-se e pega o celular da mão de Ana Clara.
– Alô?
Dois segundos de silêncio... como se a pessoa do outro lado da linha fizesse uma busca rápida em sua memória para checar se reconhece a voz. Frei Garotão tira o telefone de perto do ouvido e o coloca numa posição em que ele e

Ana Clara possam ouvir ao mesmo tempo.
— *Quem está falando?*
Ana Clara tapa a saída de voz do aparelho, cochicha...
— É a voz dela.
... e se afasta, para que Frei Garotão possa colocar o telefone de volta no ouvido e responder à pergunta de Mônica. Mesmo tendo percebido que a ligação continua com o mesmo chiado, como se estivesse sendo grampeada, Ana Clara não comenta isso com Frei Garotão.
— A senhora quer falar com quem?
Três segundos de silêncio.
— *Qual é o número, por favor?*
— Com quem a senhora quer falar?
Mônica... ou Fátima... ou Isaura começa a se aborrecer.
— *Esse telefone é de Mirtes?*
— Quem é a senhora?
— *O senhor está com as crianças?*
— Se a senhora não disser quem é e o que quer, eu vou desligar.
O tom de aborrecimento de Mônica dá lugar a uma voz chorosa.
— *Fique sabendo que logo você vai saber quem... quem...*
Ela não consegue completar a frase, e desliga o telefone.
— O que foi que ela disse, Frei?
Frei Garotão está pensativo. O tom de voz de Mônica o incomodou.
— Me pareceu que ela estava chorando... quase desesperada.
Jorge Virtual se irrita!
— E o senhor acreditou, Frei? Ela queria que o senhor dissesse onde é que nós estamos.
Léo não gosta muito do tom nervoso de Jorge Virtual, nem da maneira como ele quer reforçar que Mônica estaria

mal-intencionada.

Assim que termina a praia de Itapoã, o carro sai da avenida beira-mar e transita por ruas que parecem ser de um bairro de classe média alta, com casas confortáveis em terrenos grandes e quase sempre com jardins.

– Você conhece a Mônica, Jorge?

– Claro que não, Léo. Mas eu estou partindo do princípio da minha teoria do caos.

– Não conheço essa teoria.

– Tudo o que puder dar errado dará errado... então, é melhor contar sempre com o pior, para evitar surpresas ainda mais desagradáveis. Lá em casa, eu vou chamar o meu advogado e vamos resolver isso tudo de uma vez por todas.

Os primos não gostam nada do que escutam; e se sentem reféns de Jorge Virtual, tanto quanto estavam se sentindo reféns de Mônica... ou dos Metálicos... Ana Clara encara Léo e cochicha:

– Se ficar público o sumiço da Didi, nunca mais a encontraremos.

– Tô ligado.

– Temos que dar o fora.

A última frase de Ana Clara arrepia Léo.

– Deixa comigo, Ana.

O carro chega à portaria de um condomínio com muros muito altos. Na guarita há seis seguranças vestindo terno escuro, com fones de ouvido e fortemente armados. Um deles se aproxima do carro. Jorge abre o vidro. O ar é, evidentemente, mais abafado do que dentro do carro, mas dá para sentir que tem uma brisa soprando. Conferindo o interior do carro, o segurança cumprimenta:

– Diga lá, doutor Jorge...

– Boa tarde, Luiz.

O segurança estranha Ana Clara, Léo e principalmente o homem vestido com o hábito marrom dos franciscanos.
– ... como foi, na praia?
– O mar estava agitado.
Depois da resposta de Jorge Virtual, o segurança acena para a guarita de vidro escuro. A cancela se levanta e Jorge Virtual entra com seu carro, percorrendo devagar – a velocidade permitida dentro do condomínio é de dez quilômetros por hora – o que parece ser um labirinto de alamedas calçadas por pedras e decoradas com bambus, que impedem que se veja algo além dos próprios pés de bambu e de alguns seguranças que circulam entre eles.
Richard explica a Léo e a Ana Clara:
– A pergunta sobre a praia era o código para saber se estava tudo bem, porque tinha pessoas desconhecidas no carro, sabe? Toda semana muda o código. Pessoas desconhecidas, sem os moradores, têm que dar o número do RG...
– Já falou demais, meu filho.
– Desculpe, meu pai.
Léo pensa em perguntar o porquê da necessidade daquele código, ele nunca viu nada igual. Mas, quando terminam as alamedas de bambuzais e o garoto começa a ver as casas do condomínio, a pergunta se torna totalmente desnecessária. Trata-se de mansões enormes, de até três andares, com áreas verdes entre elas, quase do tamanho de campos de futebol. A maioria das casas tem mais de um segurança na frente. Enquanto percorrem algumas alamedas, Léo vê discretas placas com nomes de pássaros: são os nomes das ruas. Há também placas indicando a direção das áreas comuns do condomínio, como *playground*, pista de *cooper*, quadra de tênis, praia, marina, heliponto... quando lê sobre a direção da praia, Léo encosta o braço no braço de Ana Clara, chamando a atenção

dela para a placa, e cochicha:
— Deve ter alguma saída para a praia.
Richard olha para os primos, tentando acompanhar a conversa, mais para saber se eles querem alguma informação do que por bisbilhotice. Percebendo o movimento de Richard, Léo mostra-se tão empolgado quanto de fato está, mas despista o foco de sua empolgação, chamando a atenção para outro assunto.
— Tem até lugar para pousar helicóptero!
— Às vezes, tem até congestionamento... os moradores mais ricos, que não é o caso de meu pai, estão querendo que seja construído mais um heliponto.
Ana Clara também não esconde a empolgação de estar transitando em um lugar como aquele.
— Seu hotel deve dar muito dinheiro, hein, Jorge?
Vendo que não há a menor ironia no que disse Ana Clara, Jorge Virtual sorri para ela pelo espelho retrovisor.
— Meu tataravô era escravo. Como sabia ler e era muito inteligente, acabou se tornando um tipo de capataz de uma fazenda de cacau, onde trabalhava. Quando acabou a escravidão, ele herdou parte da fazenda de seu dono, que não tinha herdeiros e que tinha por ele grande respeito e gratidão... afinal, meu tataravô o ajudou a construir seu patrimônio... nos últimos cem anos, minha família trabalhou duro, teve sorte e, mesmo com todo o preconceito contra negros bem-sucedidos, conseguimos multiplicar muitas vezes as terras que meu tataravô ganhou e o nosso patrimônio... Chegamos!
Jorge Virtual para em frente a um terreno com muros altos, aciona pelo controle remoto um portão de aço, que se abre e permite que ele entre na propriedade.
Léo se aborrece ao ver o pesado portão de aço se

fechando assim que o carro termina de passar. O carro percorre uma alameda de onde se vê de longe uma garagem com mais dois carros e uma motocicleta.
– Os cachorros tão soltos, meu pai.
Três *dobermans* adultos acompanham o carro com latidos e expressões não muito amistosas. Jorge Virtual pega e aciona um rádio de comunicação.
– Alô? Dona Preta? Tá na escuta?
A voz tranquila de uma senhora responde, com sotaque baiano:
– *Chegou, meu filho?*
– Tô chegando... por favor, prenda os bichinhos, temos visitas.
– *Pode deixar, meu filho... Vem, Gugu...*
A senhora desliga o rádio. Os cachorros somem e Jorge Virtual estaciona o carro na vaga livre da garagem. Enquanto Ana Clara e sua garrafa vazia, Léo, Frei Garotão, Richard e Jorge Virtual saem do carro, uma senhora negra, já de cabelos brancos, vestida com simplicidade, mas elegância, vem recebê-los.
– Diga lá, Dona Preta.
– Oi, Dona Preta.
Jorge Virtual e Richard cumprimentam Dona Preta com beijos no rosto e apresentam rapidamente os visitantes como amigos da família...
– ... Dona Preta é nossa mãe, nossa babá, nossa dona...
O comentário do patrão inibe Dona Preta por alguns minutos.
– Esse menino não toma jeito... sejam bem-vindos... a sua bênção, Frei...
Agrada Frei Garotão ser chamado de Frei e não de padre!
– ... que meninos lindos! Olha como brilham os olhos

dessa menina! Oxente!
— Estão todos cansados, Dona Preta...
— ... e famintos; inclusive eu!
— Você tá sempre com fome, Richard... vamos entrando... vamos entrando... vou pedir pra cozinheira fazer um lanchinho...
— Lanchão!
— Tá bem, Richard! Lanchão!
As três salas são decoradas com bom gosto e simplicidade, com móveis de madeira clara. Algumas estatuetas de ferro e palha estão espalhadas pela sala, e chamam a atenção de Ana Clara.
— Olha, Léo... nós vimos imagens como essas no Mercado Modelo.
Richard explica que são os orixás...
— ... meu pai e Dona Preta são praticantes do candomblé.
A maior das salas tem portas de vidro que dão para uma bela piscina. Richard convida Ana Clara e Léo para um mergulho, mas eles estão tensos demais para aceitar.
— Deixa pra depois.
Jorge Virtual sorri carinhosamente para os primos.
— Um banho de piscina não vai trazer a Didi de volta, mas pode ajudar a relaxar um pouco... e como pode!
Ana Clara resolve abrir seu coração.
— Jorge, eu estou grilada com essa história de você querer chamar o seu advogado.
É com o maior respeito que Jorge Virtual argumenta:
— Nós temos que tomar alguma medida mais decisiva, em direção a encontrar Didi, e não só ficar fugindo... fugindo...
Depois de consultar Léo com o olhar, Ana Clara resolve ser mais explícita.
— Tem algumas coisas que eu e o Léo precisamos falar

pra você e pro Frei Garotão...

Frei Garotão se interessa. Jorge Virtual procura afastar um certo aborrecimento.

— Tudo bem, Ana Clara. Vamos fazer um trato: eu espero você falar o que quiser antes de chamar o advogado. Mas você só vai falar o que quer que seja depois de um banho de piscina, pra relaxar um pouco, e depois que vocês se alimentarem...

— Mas eu não tenho maiô...

— Isso não é o problema! Eu costumo ter em casa roupas de banho a mais para meus sobrinhos, sobrinhas, para os amigos de meu filho... tenho certeza que Dona Preta encontrará um maiô sem uso, ainda com etiqueta, pra você.

Percebendo que não tem alternativa, Ana Clara dá o braço a torcer.

— Então, tudo bem.

— É só um instantinho, Ana, só pra vocês se refrescarem. Dona Preta acaba de entrar na sala.

— Daqui a cinco minutos a mesa estará posta.

— Por favor, Dona Preta, peça pra colocar o lanche na beira da piscina. Os meninos e a menina vão dar um mergulho... acompanhe Ana Clara ao quarto de hóspedes, lá dos fundos, e mostre a ela os maiôs e biquínis sem uso, para que ela escolha um.

— Está certo, meu filho... venha, Ana Clara.

— Richard, meu filho, leve Léo ao seu quarto e lhe empreste uma sunga... ou ele pega uma no quarto de hóspedes.

— Deixa comigo, meu pai.

Ana Clara, segurando a garrafa, segue Dona Preta, que vai em direção a um extenso corredor. Richard e Léo vão com elas. Jorge Virtual sorri para o Frei Garotão.

— ... e o senhor, padre, se quiser que eu lhe empreste

uma sunga, as minhas talvez não lhe sirvam, mas deve ter alguma na casa que sirva.

– Obrigado, Jorge. Eu aceito o lanche, mas prefiro não compartilhar o banho de piscina.

– Então, eu fico com o senhor.

Não passa despercebida a Dona Preta a tensão que se mantém sobre Ana Clara e Léo. Já no corredor a senhora procura um tom bem amigável para deixar claro aos primos que eles estão em um lugar seguro.

– Eu vou lhe mostrar o quarto onde estão os maiôs e vou lhe deixar sozinha para orientar a cozinheira sobre a mudança no local do lanche, está certo, minha filha?

– Hum-hum.

– O quarto de Richard, onde seu primo vai estar, fica ao lado do quarto onde você estará.

A tranquilidade de Dona Preta contagia Ana Clara...

– Obrigada, Dona Preta...

... pelo menos até o momento em que ela vê um dos quadros que decoram as paredes do corredor.

– Léo!

Mesmo ela tentando abafá-lo, é com um grito que Ana Clara chama seu primo. Em vez de responder, Léo olha para o quadro pendurado na parede.

– São eles!

Pelo "são eles" assustado de Léo, entenda-se a imagem pintada no quadro da parede: um menino e uma menina mulatos, vestidos de azul, descalços, com os olhos verdes, os cabelos avermelhados... a imagem retrata o menino e a menina que Ana Clara e Léo viram nos banheiros do Mercado Modelo... mas só Ana Clara entende o que Léo quer dizer.

– O que foi?

Parece que interessa muito a Dona Preta a resposta que

Ana Clara ou Léo darão à pergunta que Richard acaba de fazer. É Léo quem responde, perguntando:
— Quem são esses dois, pintados nesse quadro? Richard estranha a pergunta.
— Como é que eu vou saber? Nunca nem olhei para esse quadro direito.
Ana Clara sente seu corpo esquentar... o calor se torna arrepio, quando percebe a maneira profunda como ela e Léo estão sendo olhados por Dona Preta, enquanto ela desvenda o enigma:
— São os Ibejis... seres encantados do candomblé... portadores das mensagens das Iabas, as deusas orixás...
Agora é a vez de Léo ficar arrepiado!
— Seres encantados?
— ... os Ibejis são aquelas entidades que, às vezes, nos fazem tropeçar para evitar que caiamos no abismo...
Ana Clara sente o seu coração bater mais forte.
— Abismo?
— ... eles aparecem de muitas formas. Quando vêm com os olhos claros, como os Ibejis pintados nesse quadro, é para avisar sobre um grande perigo.
Milhares de dúvidas passam pela cabeça de Ana Clara... e ela sabe que aquela senhora ao seu lado pode esclarecer algumas centenas delas... mas ela também sabe que aquele ainda não é o melhor momento...
— ... estou morrendo de fome.
... por isso, a garota sai andando em direção ao final do corredor. Léo, Dona Preta e Richard a acompanham. Léo olha para a prima, atento, para saber se ela quer dizer algo. Nenhum sinal de Ana Clara para Léo. Chegando ao final do corredor, o clima já voltou ao normal. Dona Preta abre a porta de um dos quartos e, tão discreta quanto enigmática, sorri antes de orientar Ana

Clara sobre onde estão os maiôs novos...
– ... na primeira gaveta da porta esquerda do armário embutido.
Com cumplicidade e com muito mais profundidade do que quem pergunta se alguém precisa de ajuda para encontrar um maiô em um armário embutido, Dona Preta quer saber mais:
– Você precisa de mim?
Também é com cumplicidade e com muito mais profundidade do que quem agradece a uma ajuda banal como encontrar o maiô que Ana Clara responde que, se precisar, ela chamará...
– ... obrigada, Dona Preta.
– Às suas ordens, minha querida...
Dona Preta dá um beijo na testa de Ana Clara....
– ... vou cuidar dos detalhes do lanche.
... sorri para os garotos e volta tranquilamente pelo corredor em direção à sala. Richard entra no quarto antes de Léo, o que faz com que os primos fiquem sozinhos. Léo está atônito.
– Os caras eram mensageiros dos orixás...
– ... e queriam nos avisar sobre um grande perigo.
– Será que eu tô pirando, Ana?
– Se você tiver, eu também tô... Vamos logo pra esse banho de piscina.
Cada um entra em um quarto. Ana Clara fica linda dentro de um maiô verde. Léo pega emprestada uma sunga vermelha de Richard, que veste uma preta. Alguns minutos depois os três estão se jogando na água da piscina, que em um dos cantos tem até jatos de hidromassagem. Depois de atravessá-la nadando várias vezes, Léo se junta a Ana Clara e a Richard nos jatos de hidromassagem.
– Seu pai tinha razão, cara... esse mergulho está

recarregando as minhas energias...

Richard não dá a menor bola para o que diz Léo. Ele está esperando uma resposta de Ana Clara.

– ... Xiii... acho que eu tô sobrando.

Assim que Léo volta a nadar, Richard insiste:

– E aí?

Ana Clara continua sem saber o que responder...

– Gostou ou não gostou de mim?

... ela está confusa.

– É quase impossível não gostar de um garoto lindo, educado e inteligente como você, Richard.

– Você deixou o seu coração lá em Sampa?

– Nesse momento, meu coração tá perdido em algum lugar da Bahia... e eu não tenho...

O que interrompe Ana Clara é um beijo de Richard. Um beijo curto, mas mais longo do que um selinho: beijo que tanto incomoda quanto agrada Ana Clara.

– Você não devia ter feito isso!

A maneira fria como Ana Clara fala com Richard aborrece o garoto...

– Um pouco tarde... eu já fiz!

... ele dá um impulso e sai da água, em direção à mesa onde está sendo servido o lanche e enxugando-se em uma toalha felpuda. Léo, que já atravessou a piscina novamente, vendo o movimento do garoto, vai até sua prima e a encontra mais confusa do que quando ela identificou as duas figuras que falaram com ela e com Léo.

– Ele fez alguma coisa?

Ana Clara se aborrece ainda mais...

– Fez...

... desabafa...

– ... me deu o beijo mais gostoso que eu já ganhei na vida.

... e também sai da água. Léo não entende a reação da prima.

– ... então, por que a bronca? Quem é que entende uma garota?!

Vendo que Jorge Virtual e Frei Garotão estão se juntando a Ana Clara e Richard em volta da mesa do lanche, Léo entende que...

– ... a farra acabou!

Quando Léo chega à mesa, o clima é tenso entre Ana Clara e Jorge Virtual. Ana está nervosa! Muito nervosa! E, dentro de seu nervosismo, tenta comunicar alguma coisa a Jorge Virtual.

– ... a... garrafa... a garrafa de cachaça...
– Chega, Ana.
– ... a baiana das fitinhas...
– Eu não quero ouvir mais nada...
– Traidor!
– Não fale assim comigo, menina!
– Você mentiu pra mim, Jorge...
– Tente entender, Ana Clara: nós temos que esclarecer essa situação...
– ... você traiu a minha confiança.
– Posso saber o que o Jorge fez?
– O quê, Léo? Ele descumpriu o nosso trato... ele chamou o advogado antes de nós conversarmos...

Parece que Jorge Virtual tem algo a dizer, além do que Ana Clara disse.

– Que eu errei descumprindo o nosso trato, você diz... agora, que você também errou, quando disse que o carro do padre tinha explodido, isso você não fala, não é? Muito espertinha, menina!

– Não tô entendendo!

É Frei Garotão, tentando camuflar uma certa decepção, quem se propõe fazer Léo passar a entender.

– Eu falei com o mosteiro dos franciscanos, eles falaram com a agência onde tinham alugado o carro... enfim, não foi o carro em que nós estávamos que explodiu no hotel...

– Não?

– ... na verdade, nem foi um carro. Foi um botijão com um resto de gás que estava sendo transportado para o depósito do hotel e causou um pequeno incêndio na lixeira. Por causa das estrelas do cinema espanhol, os seguranças do hotel acharam que poderia ser um atentado. Mas foi só um botijão de gás.

Léo custa a acreditar.

– Não é possível.

Jorge Virtual espalha um pouco mais o seu aborrecimento.

– O que não é possível é vocês continuarem acreditando que essa menina é uma bruxa...

Ana Clara está quase chorando.

– Eu nunca falei que era bruxa.

– Entenda uma coisa, minha filha...

– Eu não sou sua filha, Jorge!

– ... entenda uma coisa, Ana Clara: é natural que você e seu primo estejam tristes, confusos... estressados... inseguros... é terrível ter um parente desaparecido... mas não é fantasiando que nós vamos...

Agora, Ana Clara já está chorando...

– Você nem ouviu as coisas que eu tinha pra te dizer... eu pensei que...

– Por mais inteligente que você seja, não é a força do seu pensamento que vai trazer a Mirtes de volta.

Frei Garotão, que acompanhava tudo discretamente, se

coloca entre Ana Clara e Jorge Virtual.

— Será que nós não deveríamos, pelo menos, ouvir o que Ana Clara tem a nos dizer, Jorge?

Dona Preta se aproxima silenciosa e atenta...

— Desculpe, frei...

... e, silenciosa e atenta, ela acompanha o melhor momento para interromper a discussão de seu patrão com Ana Clara. Jorge continua falando com Frei Garotão.

— ... mas eu não vou mais alimentar as fantasias da cabeça dessa menina.

— Você nem sabe o que eu quero falar, Jorge.

Irredutível, Jorge Virtual procura usar um tom definitivo para a sua próxima fala.

— Me desculpem, mas o sumiço de Mirtes é um caso de polícia.

Chegou finalmente o momento que Dona Preta estava esperando!

— Com licença, Jorge?

— Não, Dona Preta... não vá a senhora também defender as maluquices...

— Desculpe interromper, mas parece que tem mais gente que acha que o assunto de vocês é um caso de polícia.

Jorge Virtual pensa estar entendendo o recado de Dona Preta com aquele comentário.

— O advogado chegou?

— Não, meu filho. Ligaram da portaria avisando que está lá fora o Capitão Obeid...

— Capitão... quem?

O nome é familiar para Léo!

— O chefe de polícia daquele posto perto do Pelourinho.

— E que diacho esse capitão quer comigo?

— O segurança disse que ele está com um mandado de

busca para entrar em sua casa, por causa do sequestro de duas crianças de São Paulo.

Ana Clara e Léo não gostam muito de terem sido chamados de crianças. Jorge Virtual gosta menos ainda de saber que a polícia está atrás dele.

– Oxente!

9

A VIATURA POLICIAL COM o Capitão Obeid e mais três soldados fardados segue a indicação dos seguranças do condomínio e percorre, na baixa velocidade permitida, as alamedas que levam da portaria até os altos muros da propriedade de Jorge Virtual. É o mais jovem entre os soldados quem identifica o nome da alameda e nela o número da casa.

– É aqui, capitão.

Atendendo ao pedido do Capitão Obeid, o soldado que dirigia para a viatura em frente ao portão de aço maior, por onde entram os carros. Está tudo silencioso. Segurando uma folha de papel, o capitão desce do carro em companhia de dois dos soldados e vai até o porteiro eletrônico fixado ao lado de outro portão de aço, um pouco menor. É o próprio Capitão Obeid quem toca a campainha. Dona Preta atende.

– *Pois não?*

O Capitão Obeid está bastante tranquilo.

– Por favor, o senhor Jorge Ribeiro de Lima.

– *Quem gostaria de falar com ele?*

– O Capitão Obeid, que a portaria anunciou.

– *Só um momento, senhor... eu vou prender os cachorros e já vou abrir.*

– Sim, senhora.

Enquanto espera, Capitão Obeid, acompanhado pelo soldado mais jovem, vai até o portão maior e tenta espiar a propriedade, por uma fresta rente ao muro.
— Que casarão!
— Será que é casa de bandido?
— Se for, é dos grandes...
De onde eles estão, o Capitão Obeid e o soldado jovem escutam a voz de Dona Preta pelo interfone.
— *Estou abrindo, senhor...*
— Obrigado.
— *... abriu?*
— Sim, senhora.
— *Por favor, fechem bem o portão, depois que passarem.*
Quando Dona Preta fala com ele no plural, Capitão Obeid entende que ela está vendo tudo. Só agora ele percebe uma discreta câmera camuflada em uma árvore, na calçada.
— Sim, senhora.
Enquanto os três policiais seguem pelo jardim que os levará até a entrada principal da casa, Capitão Obeid identifica o carro preto de Jorge Virtual estacionado na garagem.
— Lá no Pelourinho, o homem estava com aquele carro.
O soldado mais jovem não consegue disfarçar a empolgação.
— Olha só a moto que o cidadão tem...
Capitão Obeid vê Dona Preta parada na porta aberta, observando os três homens fardados se aproximarem.
— Estamos aqui a trabalho, hein.
— Sim, senhor, capitão.
Dona Preta os recebe com um sorriso simpático e seguro.
— Podem entrar, por favor...
Assim que os três homens entram, Dona Preta fecha a porta.

– ... fiquem à vontade.
– Obrigado...
Dentro da sala principal, ao ver os detalhes da casa, até mesmo o próprio Capitão Obeid tenta se conter!
– ... a senhora poderia chamar o senhor Jorge Ribeiro de Lima, por favor?
É ainda mais segura que Dona Preta atende ao pedido do capitão.
– Claro! Por favor, sentem-se, enquanto eu vou passar um rádio para ele.
O Capitão Obeid não entende.
– Passar um rádio?
– Doutor Jorge foi buscar o filho na praia do condomínio... é aqui perto.
Enquanto Dona Preta tira um moderno e pequeno rádio de comunicação do bolso, ela indica aos três homens fardados um sofá.
– Sentem-se.
Acionando o rádio, ela tenta se comunicar.
– Alô? Doutor Jorge?
Os policiais se sentam.
– Doutor Jorge? O senhor está na escuta?
Dona Preta passa a falar com o capitão.
– Doutor Jorge deve estar passando por uma área sem comunicação. Daqui a pouco ele identificará a minha chamada e responderá.
É começando a ficar intrigado que o Capitão Obeid sugere:
– ... ou a senhora o chama novamente.
Sorrindo, Dona Preta repete o Capitão Obeid colocando-se no sujeito da frase.
– ... ou eu o chamo novamente... os senhores aceitam um suco de graviola?

Os olhos do capitão se cravam nos olhos de Dona Preta, um tanto quanto desconfiados.

– Prefiro que a senhora fique conosco.

– Eu posso pedir o suco pelo rádio.

– Sendo assim, aceitamos.

O clima aparentemente tranquilo naquela sala é recente. Até poucos minutos, as coisas eram bem diferentes...

– Oxente!

Tomando todo cuidado para não ser indelicada, Dona Preta quer saber...

– ... o que eu faço, Jorge?

A notícia de que a polícia estava lá fora, pronta para entrar em sua casa com um mandado de busca e apreensão, deixou Jorge Virtual transtornado.

– Vocês sabem o que estão fazendo comigo...

Só quando Ana Clara e Léo escutam Jorge Virtual transformar o seu desabafo em uma pergunta é que os primos entendem que ele está falando com os dois.

– ... seus pirralhos?

Ana Clara e Léo não sabem o que dizer.

– Estão entendendo o que está acontecendo? A polícia está achando que eu sequestrei vocês...

– Calma, meu pai.

– Calma, Richard? Eu não posso ter calma... se uma notícia dessas vaza para a imprensa, meus negócios vão por água abaixo, mesmo a acusação sendo uma mentira... sequestrador de crianças!

– Você está na idade de enfartar, meu pai.

A cada palavra dita por Jorge Virtual, Ana Clara e Léo vão se sentindo piores... menores... é como se eles fossem encolhendo... e tudo o que eles viveram até aquele momento não tivesse mais o menor significado.

– ... eu estou arruinado... arruinado porque teclei na internet com uma doida... arruinado porque confiei nas ideias da maluca da sobrinha dela...

Mesmo encolhida... fragilizada... sentindo-se péssima, Ana Clara não se deixa abater e se lembra de que, antes da chegada da notícia de que a polícia estava lá fora, ela estava bastante aborrecida com Jorge Virtual... e é recuperando o aborrecimento que ela também recupera forças para ir adiante.

– Você só tem uma saída, Jorge...

A ira de Jorge Virtual transborda pelos poros de sua careca em forma de suor...

– Não me ameace, menina!

– ... a sua única saída, agora, é ganhar tempo... até você conseguir fazer alguma coisa que diminua o estrago que a fama de sequestrador pode causar na sua vida...

Mesmo ele tentando disfarçar, fica claro que Jorge Virtual está bem interessado no que está ouvindo de Ana Clara.

– Não quero ouvir mais uma palavra dessa sua boca fantasiosa.

Uma garota sempre sabe quando é hora de ser mais atrevida.

– O que poderia ser fantasiosa é a minha imaginação, não minha boca.

Até Frei Garotão acha que Ana Clara exagerou.

– Menos, Ana Clara... menos.

– Desculpe, Frei, mas "menos" não vai fazer o Jorge prestar a menor atenção em mim.

A curiosidade de Jorge Virtual aumenta.

– Então, desembuche, menina...

Reforçando ainda mais o seu atrevimento, Ana Clara começa a atender ao pedido de Jorge Virtual.

– Começando pelo começo: tiraram a Didi de circulação porque ela descobriu algo terrível...

– Que algo terrível é esse?

– ... ainda não sei... mas é alguma coisa bem terrível... perigosa... e tem a ver com pessoas que trabalham no Mercado Modelo...

– Oxente!

– ... uma mãe de santo tentou avisar pra mim e pro Léo que nós estávamos entrando em uma história muito perigosa...

– Mãe de santo? Tentou avisar como?

– ... de várias maneiras, inclusive através dos mensageiros dos orixás...

Ao ouvir Ana Clara envolver os orixás em sua fala, Jorge Virtual se arrepia...

– Quais mensageiros dos orixás?

– Os Ibejis.

Finalmente, Jorge Virtual passa a prestar mais atenção na hipótese de Ana Clara.

– E o que é que você entende de candomblé, menina?

– Quase nada... mas o suficiente pra saber que o perigo que a Didi está passando é grande... e que nós precisamos ir atrás dela...

– Atrás dela aonde, criatura?

Ana Clara corre até o sofá onde estão a garrafa vazia e sua mochila. Volta ao jardim com a garrafa e a entrega a Jorge Virtual, que não entende essa atitude.

– O que é que você tá querendo dizer com isso?

– Que nós temos que ir até Canavieiras, na fazenda onde era produzida a cachaça Enterrada Viva.

Até Léo se assusta...
– A fazenda mal-assombrada?
Richard se empolga...
– Vai ser demais!
Ana Clara gosta da empolgação de Richard. Jorge Virtual, não.
– Richard, você não tá pensando que nós vamos...
Três segundos de silêncio... Jorge Virtual explode!
– Vocês querem que eu leve a sério um plano que se baseia em uma garrafa velha de uma cachaça que nem existe mais?
Com uma segurança que nem ela mesma sabe de onde vem, Ana Clara se aproxima um pouco mais de Jorge Virtual, olha profundamente dentro dos olhos dele e, com um tom que mistura um pedido de ajuda à oferta de uma ajuda ainda maior, diz:
– Às vezes, Jorge, o que se tem para acreditar é só uma garrafa velha de uma cachaça que nem existe mais.
É com sua costumeira delicadeza que Dona Preta pede licença para falar.
– Jorge...
– Eu sei, Dona Preta... eu sei que a polícia está esperando.
– Não é isso.
– O que é, então?
– Escute o que a menina está lhe dizendo.
O tom de voz sereno e profundo de Dona Preta, além de causar o maior silêncio na sala, espalha um perturbador arrepio em todos que a ouvem.
– Dona Preta, a senhora não está vendo? A menina está estressada... inventando coisas... nessa idade, na situação em que ela está, é supernormal.
Parece que Dona Preta é tão dura na queda quanto Ana Clara.

— Não julgue o que você não conhece, meu filho...
Richard está gostando do que ouve de Dona Preta...
— ... você já deveria ter aprendido a respeitar o desconhecido.
... o garoto sabe que ele poderá dar uma força a ela e a Ana Clara.
— Meu pai, não custa nada você pegar o seu avião...
— Seu pai tem um avião?
— Espera, Léo.
— Foi mal, Ana... desculpa aí, galera...
Bem que Léo tentou se conter... mas não conseguiu!
— É sério, cara? Seu pai tem um avião?
— Um bimotor de seis lugares.
— Fica aqui, no condomínio?
Ana Clara insiste com Léo.
— Para, Léo!
— Desculpa de novo.
— E aí, meu pai?
Jorge Virtual não sabe mais o que pensar.
— O que é que o padre pensa sobre tudo isso?
Frei Garotão sorri.
— O mesmo que você...
— E o senhor pode me dizer o que é que eu penso sobre tudo isso?
— ... que Ana Clara pode ter razão.
— Oxente! Mas e a polícia?
— Quem sabe não é o que nós vamos descobrir lá que vai ajudar meu pai a se livrar da acusação da polícia, sem sair prejudicado.
Tentando se convencer de que o que está fazendo não é um absurdo ainda maior do que tudo o que ele já fez, Jorge Virtual começa a concordar.

— Se é pra ir... tem que ser já... daqui a Canavieiras é mais de uma hora de voo... e já vai começar a anoitecer...

Ana Clara, Léo, Richard, Frei Garotão e Dona Preta comemoram!

— ... meninos, Ana Clara: ponham suas roupas por cima das sungas e do maiô... Dona Preta, por favor, separe lanches para nós levarmos, já que ninguém nem mexeu na mesa... vamos sair pelos fundos... nós vamos de lancha até perto do aeroporto... No caminho, eu peço pra um piloto que estiver de plantão preparar o avião... ainda bem que meu advogado deve estar chegando! Ele vai ter que me ajudar com a polícia... vai parecer a eles que eu estou fugindo... mas doutor Salgado é fera... que Oxalá nos proteja!

Richard e Léo correm para o quarto. Dona Preta vai tomar as providências com o lanche.

— ... e você, Ana Clara, por que é que tá me olhando?

É bastante emocionada que Ana Clara se aproxima ainda mais de Jorge Virtual.

— Você é um grande cara...

— Vai logo, menina!

— ... muito obrigada por estar deixando a minha tristeza pelo menos um pouquinho menor.

Ana Clara pendura um abraço no pescoço de Jorge Virtual e dá um beijo em sua bochecha esquerda. O baiano fica totalmente desarmado.

— Eu é que agradeço pelas coisas que você está me ensinando, menina.

Quando Ana Clara já está indo para o corredor, Jorge Virtual pensa em algo, se preocupa e...

— ... Ei, Ana Clara.

A garota para e se volta.

— Oi?

— Eu não queria dizer isso... mas você sabe que nós podemos chegar lá e...

— Não precisa completar... eu sei... infelizmente eu sei... espero que não seja tarde.

— Quem sabe, misturando o seu jeito e o meu jeito de fazer as coisas, não seja tarde.

O Capitão Obeid já percebeu que tem alguma coisa errada acontecendo... Só não sabe o que é. Dona Preta tenta pela terceira vez contato com Jorge Virtual pelo rádio de comunicação.

— Eu não entendo... ele não atende.

É bastante aborrecido que o Capitão Obeid comenta:

— Eu entendo: o seu patrão está complicando ainda mais as coisas para o lado dele.

— O senhor não está achando que o doutor Jorge...

A mesa de lanche posta na beira da piscina chama a atenção do Capitão Obeid.

— ... eu não costumo achar nada, senhora. Eu só acredito no que eu vejo... quantas pessoas moram nesta casa?

Não passa despercebido a Dona Preta o tom de voz irônico do Capitão Obeid... e ela não sabe o que fazer.

— Só o doutor Jorge... e, às vezes, o filho dele.

— ... a senhora sabe quem são as outras três pessoas que eles esperam para o lanche... ali, na beira da piscina?

— Pode deixar que eu converso com os policiais, Dona Preta.

Até Dona Preta se surpreende ao ver o homem moreno de meia-idade, vestindo um impecável terno claro, e segurando uma pasta preta de executivo, entrar na sala pela mesma porta por onde entraram os policiais.

Dona Preta suspira aliviada.
– Graças a Deus!
– Por favor, Dona Preta, deixe-me a sós com os policias.
– Precisando de mim, é só chamar, Doutor. Com licença.
Depois que acompanha Dona Preta sair da sala, o homem que acaba de entrar identifica quem é o responsável pelo grupo de policiais. Vai até ele, confere o nome e a patente bordados na farda e estende a mão com simpatia e segurança.
– Boa noite, Capitão Obeid. Meu nome é Orlando Salgado, eu sou o advogado do Doutor Jorge Ribeiro de Lima.
Mesmo se surpreendendo com a postura do advogado, o Capitão Obeid não se intimida...
– Boa noite, Doutor Salgado.
... com a mesma simpatia com que foi cumprimentado, ele aperta a mão do Doutor Salgado.
– O senhor já estava na casa?
– Meu cliente deixou ordens de que eu poderia entrar sem ser anunciado.
– ... e, por ele ter mandado o senhor nos receber, vejo que o seu cliente deve estar encrencado.
– Doutor Jorge teve que resolver um problema urgente, que logo o senhor saberá qual é. E pediu que fôssemos conversando. Parece-me que o senhor tem um mandado de busca.
– Aqui está.
Depois de conferir o conteúdo do documento, o Doutor Salgado volta a se concentrar no Capitão Obeid.
– ... então, Capitão, a historiadora Fátima Isaura da Cunha deu queixa do desaparecimento do casal de pré-adolescentes, os primos Ana Clara e Leonardo, sobrinhos da Doutora Mirtes Mesquita, também historiadora e amiga de Fátima Isaura, e que passeavam com ela, Fátima, no Pelourinho?

— É o que o senhor pode conferir no documento... e a descrição que Fátima Isaura fez dos desaparecidos bate com a dos dois pré-adolescentes que eu vi em circunstâncias bastante duvidosas em companhia do dono desta mansão.

— O que o senhor chama de circunstâncias bastante duvidosas?

— As crianças pareciam pouco à vontade...

— Pouco à vontade?

— ... assustadas... cansadas...

— ... e, quando os viu, o senhor teve a oportunidade de perguntar o porquê da aparência de assustados e cansados?

— Quando eu vi os dois pré-adolescentes com sotaque do sul em companhia do senhor Jorge, a queixa do desaparecimento dos primos ainda não tinha chegado ao posto policial do qual eu faço parte...

— ... mas eles já aparentavam o susto e o cansaço!

O Capitão Obeid prefere não comentar o que acaba de ouvir; e muda de assunto, enquanto o Doutor Salgado passa mais uma vez os olhos sobre o documento, como se conferisse algo.

— ... eu conversei bastante com as crianças, doutor, sobre uma garrafa de cachaça... muito...

A pausa do Capitão Obeid interessa ao Doutor Salgado.

— Muito?

— Eu ia dizer curiosa... mas acho melhor dizer estranha. Uma cachaça que já não existe mais, Enterrada Viva, não sei se o senhor já ouviu falar.

— Até uma hora atrás, eu nunca tinha ouvido falar.

— ... eu cresci na região sul do estado, onde fica a fazenda que fazia essa cachaça. Até contei para as crianças as histórias que existem sobre a fazenda ser mal-assombrada...

— Desculpe interromper o senhor, Capitão, mas vejo aqui no documento que em nenhum momento Fátima

Isaura mencionou o porquê de ela estar sozinha com os sobrinhos de sua amiga.

É claro que o Capitão Obeid entende que o comentário do Doutor Salgado é mais do que uma observação.

– Não?

– Não... quem sabe o que eu vou lhe dizer agora ajude o capitão a entender que os primos Ana Clara e Leonardo estarem pouco à vontade, e com a aparência de assustados e cansados, se deve ao fato de que quando o senhor os encontrou eles estavam, havia mais de uma hora, procurando pela tia que desapareceu, misteriosamente, enquanto os três visitavam o Mercado Modelo.

Mais do que a segurança do advogado, o conteúdo de sua fala deixa o Capitão Obeid bastante confuso.

– Como assim?

– ... assim que Ana Clara e Leonardo entenderam o que tinha acontecido, eles ligaram para a primeira referência que tinham em Salvador: a amiga de sua tia. De quem, algum tempo depois, eles preferiram fugir.

– O senhor está falando de Fátima Isaura?

– Exatamente... Fátima Isaura... que deu aos primos o nome de Mônica.

– E por quê?

– Talvez por eles também não terem a resposta para a mesma pergunta que até o senhor, que é um adulto esclarecido, está se fazendo.

– Mas a Fátima deu queixa...

– ... ela também deu o nome errado aos pré-adolescentes.

O Capitão Obeid continua tentando não acreditar totalmente no que lhe conta o advogado de Jorge Virtual, mas está tendo a maior dificuldade...

– Então, por que as crianças não procuraram a polícia?

– Por favor, Capitão! Coloque-se, pelo menos por um segundo, no lugar dos dois pré-adolescentes que o senhor mesmo viu... eles estavam com muito medo.

Mesmo identificando que não há uma ofensa no comentário do advogado, o Capitão Obeid se ofende.

– Mas quem, melhor do que a polícia, para ajudá-los numa hora dessas?

– Na minha opinião, assim como na sua, a polícia é o mais indicado. Mas os primos preferiram recorrer, primeiro, a um frei franciscano, amigo da família.

– Então o frei deveria ter nos procurado.

– Muitos foram os detalhes que aconteceram na vida dessas crianças nas últimas horas...

O advogado faz uma pausa um tanto quanto comprometedora, antes de concluir.

– ... mas eles mesmos poderão lhe contar, quando voltarem.

A pausa e o tom do Doutor Salgado assustam o Capitão Obeid, que não se contém:

– Voltarem de onde?

Doutor Salgado estende o máximo que pode o suspense com o qual vem construindo a sua tese de defesa da inocência de Jorge Virtual.

– Depois de ouvirem a sua história sobre a fazenda, os pré-adolescentes que o senhor julgava desaparecidos, por mais absurdo que isso possa parecer, convenceram meu cliente e o franciscano amigo da família deles a levá-los até o município de Canavieiras.

O Capitão Obeid fica arrepiado...

– O senhor não pode estar falando sério!

– Eu preferia estar brincando, mas é isso mesmo o que o senhor está pensando: a essa hora, Ana Clara, Leonardo, meu cliente e o franciscano amigo da família dos garotos estão voando para Canavieiras, mais precisamente para as imediações da fazenda que produzia a pinga Enterrada Viva, que, diga-se de passagem, é o que eles temem que aconteça com a tia, que desapareceu, caso eles não cheguem lá a tempo.

– Eles não podem fazer isso...
– Mas é exatamente o que estão fazendo.
– ... aquele lugar é amaldiçoado.

10

Ana Clara, Léo, Richard, Jorge Virtual e Frei Garotão saíram de lancha do condomínio. Foi no carro que os levou da marina – onde ficou o barco – até o aeroporto que Jorge Virtual e Ana Clara conversaram com o Doutor Salgado e passaram para ele o máximo de informações sobre o que aconteceu... e sobre o que eles acham que pode estar acontecendo. Quando o grupo já está caminhando na pista de pouso, em direção ao pequeno avião, Jorge Virtual confere o piloto alto, careca e muito magro que os espera ao lado do bimotor.

– Xiiii...
– O que foi, meu pai?
– O piloto escalado para nos levar é o Luiz Pirata.
– Pelo seu "Xiiii", isso é mau.
– Isso é péssimo, Ana Clara... até pra olhar um pouco mais para o lado o homem cobra... e em dólar; sem falar que parece que ele rouba... melhor não dizer nada sobre o que vamos fazer... ele pode se recusar a voar... falem o mínimo possível.

O avião tem o número exato de lugares para acomodar o piloto – que quase tem de se envergar para entrar no avião – e os cinco passageiros. Jorge vai na frente, no banco ao lado de Luiz Pirata. A viagem será em direção ao sul do estado da Bahia. Pelo trajeto escolhido por Luiz Pirata, o bimotor sobrevoa a Lagoa do Abaeté e as dunas de areia e vegetação à sua volta...

— ... olha, Léo!

— ... te lembra o nosso sonho?

É aos cochichos que Ana Clara e Léo estão se comunicando.

— Mais ou menos... no sonho só tinha areia... areia... areia...

— É verdade...

— ... mas a areia era clara igual a essa... acho que não dá para levar os sonhos ao pé da letra, né?

— ... será?

Richard acompanha a conversa dos primos.

— Sobre qual sonho você está falando, Ana?

— Depois eu falo, Richard...

Ana Clara confere que Luiz Pirata está prestando atenção e completa com uma voz bem fútil.

— ... coisas de garota.

Em alguns minutos... a cidade de Salvador fica para trás. O sol já começa a se pôr. Richard se lembra de algo que gostaria de mostrar a Ana Clara.

— Agora, na hora do pôr do sol, é que nós deveríamos estar passando pelo Porto da Barra...

Ana Clara se anima...

— Não faltarão dias para curtirmos o pôr do sol, Richard.

... Léo, nem tanto!

— Se liga, Ana!

Temendo que Richard se empolgue muito com o sinal quase verde de Ana Clara e diga algo que os coloque em perigo, Jorge Virtual olha feio para o garoto...

— Se ligue, meu filho!
... depois, ele fala com o piloto.
— O tempo está bom, Luiz?
— A princípio, sim, seu Jorge.
— Então, voe baixo... as crianças vão gostar de ver o mar.
— O senhor é quem manda.

Mesmo com o sol já se pondo, a luz natural é intensa e deixa ainda mais bonitas e reluzentes as cores da água, do céu... Jorge Virtual tem uma teoria.

— Dizem que a cidade de Salvador foi construída em cima de um cristal gigante; e que é por isso que ela brilha tanto e emite tanta luz.

— Dizem muitas coisas...

Bastante desagradável o tom de voz de Luiz Pirata ao fazer o último comentário... enquanto se põe, o sol vai deixando no céu um rastro vermelho.

A primeira meia hora de voo segue em silêncio total, com todo mundo acompanhando o sol se esconder e o vermelho do céu começar a escurecer.

Richard avista algumas ilhas. Em uma delas, sobre uma montanha, há um povoado.

— Estão vendo aquele povoado, na ilha maior desse arquipélago?

Todos estão vendo...

— ... é Morro de São Paulo. Também dá pra chegar lá por terra. Em uma ponta da Ilha de Itaparica tem um caminho.

Um pouco depois de Morro de São Paulo, o bimotor sobrevoa um pequeno golfo de boca estreita, uma porção de mar que avança terra adentro e que se alonga em direção ao continente. Agora é a vez de Jorge Virtual exibir seus conhecimentos.

— Estamos sobrevoando a Baía de Camamu, uma das maiores e mais bonitas do mundo...

Jorge Virtual não está exagerando!

Ao sair da Baía de Camamu, o bimotor sobrevoa uma região com belas praias e morros e um povoado. As luzes do povoado estão se acendendo. O céu já está escuro e começam a aparecer as primeiras estrelas. O piloto acende os faróis do pequeno avião.

– Aqui é Itacaré.

Frei Garotão tem uma dúvida:

– Essas florestas depois das praias são Mata Atlântica?

– São, sim... ainda quase intocadas... acredite se puder!

Quando Ana Clara, Léo, Frei Garotão, Richard e até mesmo Jorge Virtual já estão quase acreditando que aquela viagem é um passeio turístico, Luiz Pirata os chama para a realidade, que é bem outra.

– Estamos quase chegando, seu Jorge... peço licença pra pousar em Comandatuba?

Ana Clara se assusta; e, assustada, se intromete:

– Nós não estamos indo para Canavieiras?

Jorge Virtual não gosta da intromissão da garota.

– O aeroporto de Comandatuba tem todos os instrumentos para pouso, Ana. É mais seguro... ainda mais à noite.

– ... e no aeroporto de Canavieiras?

– Os moradores têm de empurrar os bois e as vacas para o avião poder pousar em uma pista de terra.

O piloto insiste:

– O que eu faço, seu Jorge? Está em cima da hora.

Mais uma vez, Ana Clara se intromete.

– Comandatuba fica longe de Canavieiras?

– Qual é a distância, Luiz?

– Uns quarenta quilômetros.

– É muito, Jorge...

A aflição de Ana Clara, mais uma vez, comove Jorge Virtual.

– Por favor, Luiz, pouse em Canavieiras.
Parece que é exatamente isso o que o piloto queria ouvir.
– É mais perigoso... e mais caro!
É bastante aborrecido que Jorge Virtual confirma o que já tinha falado, desta vez sem dizer "por favor".
– ... pouse em Canavieiras, Luiz.
– O senhor é quem manda.
Léo e Richard acompanham dois grandes helicópteros cinza-chumbo e metálico, supermodernos e velozes passarem no sentido contrário ao que vai o bimotor de Jorge Virtual.
– Que animal, Richard! Parecem helicópteros de filme!
– É um igual a esses que você deveria comprar, meu pai.
Jorge Virtual acha graça!
– Deixe de ser abusado, menino!
– Fazer a gente ficar voando nesta lata velha...
– Ah, você quer um helicóptero? Pois então cresça, ganhe seu próprio dinheiro trabalhando... o que é bem mais difícil... e compre um!
A empolgação pelo acréscimo que terá no pagamento faz o piloto mudar totalmente de expressão... e se animar! É muito animado que ele pega o rádio e pede licença para pousar. Assim que desliga o rádio, Luiz Pirata começa a espalhar mais um pouco de sua animação.
– Cresci aqui... sabem o que quer dizer Canavieiras?
Ninguém faz a mais vaga ideia.
– Lá pelo ano de mil setecentos e pouco, um tal de seu Vieira começou a plantar cana-de-açúcar na região... muita cana-de-açúcar... aí, todo mundo começou a chamar o lugar de "Canaviais do Seu Vieira"... "Canaviais do Seu Vieira"... até virar Canavieiras... O povo tem cada uma... apertem os cintos, que vamos descer...
Todos atendem ao pedido do piloto, que volta a falar.

— ... ainda tem muita cana plantada... e muitos alambiques...

Mesmo a noite já tendo caído, dá para ver que, enquanto o avião faz uma curva, ele sobrevoa um rio bastante largo, onde tem uma ilha com uma pequena cidade.

— ... é nessa cidade que nós vamos descer.
— Espera aí... uma ilha no meio do rio?
— *Helloo*? Léo? Ilha fluvial.
— Foi mal.

Já dá para ver uma pista de terra ao lado da cidade.

— ... esse rio que estamos sobrevoando é o rio Pardo...

O que interrompe Luiz Pirata é algo que ele vê na pista de pouso.

— Acho que vamos ter problemas...

Jorge Virtual olha para a terra e é obrigado a concordar com o piloto.

— Três viaturas da polícia... pelo visto o Doutor Salgado levou a pior.
— E agora, Jorge?
— Calma, Ana Clara.

Luiz Pirata estampa no rosto uma expressão de pouquíssimos amigos.

— O que é que o senhor está transportando, seu Jorge?
— Nada, Luiz... nada que nos deixe fora da lei.
— Eu não vou pousar...

Vendo que não tem alternativa, Jorge Virtual oferece o dobro do que tinha combinado.

— ... não gosto de encrenca com a polícia.
— O triplo, Luiz...
— O senhor é quem sabe, seu Jorge... mas, se der algum problema, eu nem sei o seu nome direito... vai ter que dar uma caixinha pros empurradores de boi.

É com silêncio absoluto que Luiz Pirata inicia a aterrissagem na pista escura. Como de costume, algumas pessoas da região têm de espantar alguns bois e vacas que pastavam na pista. Assim que o avião para, ainda com a poeira levantada, os carros da polícia se aproximam. Jorge dá mais uma instrução:
– Não falem nada, principalmente você, Ana Clara.
O piloto reforça:
– Eu nem sei seu sobrenome, seu Jorge.
– Cale a boca, Luiz.
Um grupo de dez policiais negros e pardos se aproxima de Jorge Virtual e dos outros que estão descendo do bimotor. O mais alto e negro entre eles quer saber:
– Qual dos senhores é Jorge Ribeiro de Lima?
Temendo pelo que possa acontecer, Frei Garotão se adianta.
– Sou...
Jorge Virtual é mais rápido.
– Não, padre, não faça isso!
O policial insiste com Frei Garotão.
– É o senhor?
Mais uma vez, Jorge Virtual toma a frente.
– Sou eu...
– Boa noite, senhor, eu sou o Comandante Silva; autoridade de plantão no Posto Policial.
– ... podem me levar.
Parece que o Comandante Silva não entende muito bem o comentário.
– Mas eu pensei que fosse o senhor quem nos levaria...
– Oxente! Levar pra onde?
Richard tem uma hipótese; e chama seu pai de lado.
– Se liga, meu pai... acho que o Doutor Salgado não levou a pior, coisa nenhuma.

Ainda sem entender muito bem, o Comandante Silva tenta explicar:

– Nós tínhamos sido destacados para acompanhar os senhores no resgate de uma mulher desaparecida e que estaria em uma fazenda da região... a queixa já foi formalizada em uma delegacia de Salvador, por seu advogado e pela polícia de lá.

Ana Clara se anima!

– Eles vieram ajudar a gente a buscar a Didi.

Depois de três segundos de euforia, o Comandante Silva indica que todos se acomodem nas viaturas da polícia e...

– ... para onde vamos?

É com a maior naturalidade que Jorge Virtual responde, quase sem acreditar que está mesmo fazendo aquilo:

– Para a fazenda que produzia a cachaça Enterrada Viva.

O Comandante Silva se surpreende... Luiz Pirata, que acabava de desligar e de trancar o bimotor, se interessa pelo que escuta e se aproxima.

– Desçam do carro.

– Mas por quê?

– Nós não podemos ir até lá.

Jorge Virtual se aborrece.

– Não vá me dizer que o senhor acredita que a fazenda seja mal-assombrada?

– Certamente, não se trata disso.

– O senhor não tem ordens para me acompanhar?

– Para que eu acompanhe, é preciso que haja para onde acompanhá-lo. Esse lugar não existe mais.

Ana Clara se arrepia!

– Existe, sim.

– Só um minuto, Ana... daria para o senhor ser mais claro?

— Pois não, senhor Jorge: há cerca de um ano, a fazenda foi comprada por um estrangeiro que não só demoliu todas as construções, como destruiu as estradas de acesso, que eram particulares, reflorestando os caminhos de acesso... nem é mais possível chegar lá de carro...

É com alguma tristeza que Jorge Virtual encara Ana Clara... mas não diz nada.

— Jorge, nós viemos até aqui... tenho certeza de que a Didi está...

Léo tenta confirmar a história do Comandante Silva.

— Como o dono da fazenda chega lá?

— Nos últimos meses, tem havido algum movimento de helicóptero...

— E nos últimos dias, teve movimento?

Encarando Ana Clara, o Comandante Silva responde à pergunta da garota:

— Teve, sim.

— E hoje... o senhor já ouviu movimento de helicóptero?

— Sim, ouvi... no meio da tarde...

Ana se anima novamente.

— ... e acabaram de sair de lá dois helicópteros... aliás, eu estranhei serem dois. Nós só tínhamos conhecimento de um helicóptero.

A conclusão do Comandante Silva, dizendo que os helicópteros partiram, espalha tristeza... e a sensação de que todo aquele movimento foi inútil.

— A Didi está lá, Jorge... eu tenho certeza!

Certamente, o Comandante Silva já entendeu que Didi é quem eles estão procurando.

— Seu avião chegaria, senhor Jorge, mas, para pousar por perto, chamaria muita atenção, assim como chamaria atenção se fôssemos pelo mato... isso, se houver alguém lá...

Luiz Pirata tem uma ideia.

— Dá pra chegar na fazenda de barco, seguindo o curso do rio Pardo... se o senhor quiser, eu sei chegar, mas vai custar...

Pela maneira como Jorge Virtual encara o piloto, ele entende perfeitamente que já falou demais.

— Você nos espera aqui, Luiz... e sem cobrar nem mais um centavo além do que já combinamos; senão eu vou acusar você de extorsão.

— Calma, seu Jorge!

— Quer saber do que mais, Luiz Pirata: não vou lhe pagar um centavo além do primeiro valor que combinamos... meu advogado vai lhe procurar e lhe pagar... eu mesmo volto pilotando... não quero mais ver sua cara... suma da minha vista!

Temendo que a reação de Jorge Virtual se materialize em forma de pancadas, Luiz Pirata entrega a chave a ele e dá as costas, sem nem ao menos respirar. Jorge Virtual volta a falar com o Comandante Silva.

— Tem como nós chegarmos lá de barco?

O comandante confere Ana Clara, Léo e Richard.

— Tem... mas é bastante arriscado... a correnteza do rio é forte; e nós vamos no sentido contrário à correnteza... andou chovendo... o rio está cheio... os menores...

— Eles não vão... nem o padre.

Soa absurdo a Ana Clara o que ela ouve!

— Como não?

— Já estava tudo combinado, Ana Clara, entre mim e o padre: se fosse haver mesmo a busca na tal fazenda, vocês ficariam com ele... e em lugar seguro.

— Quem vocês pensam...

— Ana Clara, não me faça perder o respeito por você...

A frase de Jorge Virtual é tão definitiva que até estremece o chão de terra.

– ... confie em mim, menina. Se sua tia estiver lá, eu trago ela de volta pra você... pessoalmente!

Ana Clara cruza os braços contrariadíssima!

– Tá bom, Jorge... eu confio.

– Podemos deixar as crianças e o padre em algum lugar seguro?

– Já está tudo preparado lá na delegacia, seu Jorge.

Na delegacia, além dos policiais de plantão, há um lanche para os visitantes. Jorge Virtual e o destacamento de dez homens, fortemente armados e com coletes à prova de balas, embarcam em duas lanchas, que seguem pelo rio Pardo no sentido contrário à sua correnteza. Nenhum perigo no caminho. Além de miados, roncos e assobios de animais noturnos. O céu está cada vez mais estrelado, o que facilita a navegação. Alguns metros antes de chegarem na fazenda, o Comandante Silva pede que os motores sejam desligados e que dois soldados comecem a remar cada uma das lanchas.

– ... vamos deixar as lanchas camufladas... o senhor não prefere nos esperar aqui, senhor Jorge?

– Preferir, eu prefiro... mas eu prometi àquela pirralha que ia levar a tia dela de volta... pessoalmente.

– Pode ser perigoso.

Jorge Virtual lembra-se de uma das frases preferidas de Ana Clara: *"Helloo?* Comandante Silva?", mas ele não a repete; apenas pensa... e sorri.

– Viver é perigoso, comandante.

Diferentemente do que pensou o Comandante Silva, não foi nada perigoso amarrar os barcos nas árvores próximas à região onde um dos soldados acha que fica a antiga casa da fazenda; assim como não foi perigoso seguir pelo bosque que as árvores formam até um enorme descampado. Com a luz das estrelas e das lanternas dos soldados, dá para perceber que, na verdade, aquele lugar que parece ser um descampado trata-se de plantações secas e abandonadas de cana-de-açúcar.

– Vamos começar vasculhando a região onde ficava a casa-grande.

Também, diferentemente do que disse o comandante, as construções da antiga fazenda não foram destruídas. Dá para ver cinco galpões fechados e uma casa de dois andares recém-pintada de branco e com muitas janelas.

– Oxe, comandante! A casa tá em pé!

– Os galpões deviam ser usados para transformar a cana-de-açúcar em cachaça.

Tudo apagado. Nenhum cachorro. Nenhum vigia. Nenhum ruído... os soldados esperam a orientação do Comandante Silva.

– Pode ser uma armadilha... vamos entrar na casa...

Jorge Virtual é o primeiro a ouvir um ruído em um dos galpões.

– Vocês ouviram?

Alguns soldados ouviram e olham para a mesma direção para onde olhou Jorge Virtual.

– Tem alguém naquele galpão.

Alguém, de dentro do galpão, sussurra lentamente...

– Ssssssss... so... cor... ro...

O Comandante Silva identifica o que é óbvio:

– Voz de mulher!

Jorge Virtual custa a acreditar no que está ouvindo...

– Oxente...

... e dispara na direção do galpão.

— Cuidado, seu Jorge, pode ser uma armadilha.

— Que armadilha o quê...

Chegando em frente ao galpão, enquanto procura por onde entrar, Jorge Virtual percebe dentro dele a luz fraca de uma vela. E, chorando como um bebê, ele quer confirmar...

— ... Didi, você está aí?

De dentro do balcão, a voz de mulher responde:

— Como é que você sabe o meu apelido?

Em três segundos Jorge identifica a porta do galpão... e chama os soldados para quebrarem os cadeados. Ainda trancada no galpão, Didi quer saber:

— Quem é você?

Dois soldados destrancam a porta. Didi está muito assustada... e sonolenta. Quando começa a entender o que está acontecendo, fala com alguém dentro do galpão.

— ... é a polícia, podem ficar tranquilos...

— "Podem"?

O Comandante Silva orienta...

— Três de vocês, desamarrem as pessoas; os demais venham comigo. Parece que todos fugiram, vamos dar uma busca na casa-grande e nos outros galpões.

... e sai acompanhado pela maioria dos policiais.

As lanternas dos policiais que ficaram mostram que há onze pessoas amarradas dentro do galpão, todas deitadas em colchões no chão e muito assustadas. Os que não dormem estão bastante sonolentos. Pessoas simples; a maioria de meia-idade. Didi parece liderar o grupo.

— Por favor, soldados, desamarrem os outros... eu acabei de conseguir me desamarrar e ia começar a desamarrá-los quando vocês chegaram... aquele senhor de cabelos brancos reclamou de dor no peito...

Didi aponta para um senhor negro, muito simpático e de cabelos brancos – Mestre Bubu –, que fala quase resmungando por causa da falta da maioria dos dentes na boca:

– Já passou, minha filha... já passou...

Didi se lembra de que há outra pessoa que requer cuidados...

– Esse senhor que está na ponta esquerda é cego.

... trata-se do repentista que tocava na praça Cairu. Aparentemente, quem dorme o sono mais pesado é uma senhora vestida de baiana.

Um soldado vai desamarrá-la e se assusta!

– Ela não está nem se mexendo.

Didi explica:

– Na hora em que eles nos deram o remédio para dormir, Dona Diolinda estava muito agitada e eles tiveram que dar a ela uma dose maior... acho que ela só vai acordar em casa... Graças a Deus e a vocês!

Didi volta a prestar atenção em Jorge Virtual.

– Você não é o chefe da polícia...

Quando Jorge Virtual sorri, Didi percebe que ele está chorando.

– Por que você está chorando... eu conheço você?

Emocionado, ele só consegue dizer:

– Eu sou o Jorge...

Didi quase cai para trás. Só agora ela se lembra dele.

– Jorge Virtual? Como é que você veio parar aqui? Nosso encontro era no...

– Vamos embora, no caminho eu explico.

Durante o trajeto até a cidade, Didi ouviu de Jorge um breve resumo do que aconteceu. E ficou combinado que ela e os sobrinhos ficariam hospedados na casa dele enquanto se reorganizavam em Salvador.

— Meu filho e seus sobrinhos já estão bem amigos. Também ficou decidido que as onze pessoas que estavam presas no galpão, além de Didi, passariam pelo hospital local para um exame geral, antes de serem liberadas e despachadas em um ônibus fretado para Salvador.

— Eu não preciso de médico, não, Comandante Silva... preciso é dos meus sobrinhos.

Quando o jipe chega à delegacia, Ana Clara e Léo disparam até Didi...

— Didiiiiiiiiiiiiii!

... que, um pouco sonolenta, pula do carro ainda em movimento para se juntar a eles em um abraço. Sem conseguir deixar de abraçar a tia, Ana Clara se desculpa:

— Desculpe se a gente demorou, Didi.

— Eu sabia que podia contar com vocês.

— Didi, vem conhecer o Frei Garotão, ele é amigo do Vô Felipe...

— Amigo do Vô Felipe, Léo?

— ... tem também o Richard.

— Aquele garoto moreno bonitão ao lado do Frei, Ana?

— É... ele é filho do Jorge Virtual.

O Comandante Silva deixa que os cumprimentos se estendam o tempo necessário para satisfazer Ana Clara, Léo e Didi...

— Agora, a senhora precisa prestar um depoimento, Dona Mirtes.

Dentro da delegacia, Didi, com Ana Clara e Léo pendurados em seu pescoço, senta-se em frente ao Comandante Silva. Os outros formam um grupo em torno de Didi.

— O que a senhora tem a nos dizer, Dona Mirtes? Quando Didi começa a falar, ela ainda está sonolenta...

— Foi tudo muito rápido... eu estava esperando as

crianças na porta dos banheiros do segundo andar do Mercado Modelo, quando um homem de terno cinza fingiu que me abraçava, encostou uma arma em mim e me forçou a descer com ele, ameaçando fazer mal aos meus sobrinhos se eu não colaborasse... depois, ele me colocou dentro de um carro, me forçou a tomar um calmante... eu dormi em seguida... quando acordei, estava amarrada e deitada em um quarto dentro da casa-grande da fazenda... tinha mais cinco mulheres comigo, quatro delas dormiam. Tentei conversar com a que estava acordada, Dona Eva; mas ela estava muito assustada... e disse que desde que tinha chegado lá, há três dias, só comia e era mantida dormindo sob efeito de remédios... Dona Eva falou que as outras duas mulheres que chegaram antes dela disseram que também só comiam e dormiam... já estava anoitecendo... nossa conversa foi interrompida por dois homens de terno cinza, que eu ainda não tinha visto, e que entraram armados e nos forçaram a tomar mais doses de remédio para dormir... pude perceber que eles estavam aborrecidos e tinham pressa, como se tivessem sido descobertos... dormi imediatamente... quando acordei, eu estava amarrada no galpão junto com aqueles homens e mulheres e já era de noite... quando consegui me desamarrar, vocês chegaram...

É bastante decepcionado que o Comandante Silva pergunta:

– Só isso?

– Só.

– A senhora não ouviu mais nada?

– Não, senhor.

– A senhora tem alguma ideia de quem sejam essas pessoas?

– Nem a mais vaga.

Léo não se contém...
- Será que são ETs, Didi?
- *Helloo*? Léo?
- Foi mal.

O Comandante Silva repete as palavras de Léo:
- A senhora acha que pode se tratar de algum grupo extraterrestre?
- Tá escutando o comandante, Ana? Acho que desta vez não fui tão mal assim.

Ana Clara é obrigada a concordar com o primo:
- É, não foi!

Didi responde ao comandante:
- Se eu disser que acho... ou que não acho.... estarei mentindo. Não faço a menor ideia.
- Alguém lhe fez algum mal?
- A não ser aquele homem no Mercado Modelo, ninguém encostou um dedo em mim... mesmo ele, só me abraçou... e me apontou uma arma; mas sem usar força, entende? Foi tudo muito rápido... talvez não tenham tido tempo.
- Tem razão... alguém deve ter avisado ao grupo que a polícia tinha descoberto tudo... seja lá o que tudo signifique em um momento como este... e eles partiram sem deixar a mínima pista.
- Vocês não encontraram nada? Nenhum documento?
- Não, Dona Mirtes... nenhum pedaço de papel... nenhum equipamento... a senhora se lembra de mais alguma coisa sobre Dona Eva, a única pessoa com quem a senhora conversou?
- Não... aliás, só a profissão dela: bordadeira.
- Acho que isso não nos ajuda muito... quem sabe os outros depoimentos que serão colhidos em Salvador nos ajudem.

– Tomara... mas eu acho pouco provável... na fazenda, pelo que eu pude entender, as onze pessoas só se lembram de comer e de dormir...

– A senhora deve estar querendo descansar... se precisarmos de mais alguma informação, a polícia de Salvador entrará em contato com a senhora, na casa do senhor Jorge... vocês estão dispensados.

INTRIGANTE...

NEM FOI PRECISO Ana Clara e Léo insistirem para dormir no mesmo quarto que Didi, na casa de Jorge Virtual. Depois que chegaram, todos tomaram um longo banho de piscina, jantaram... Jorge Virtual mandou um motorista levar Frei Garotão até o mosteiro onde ele estava hospedado...

– ... o senhor só vai embora com uma condição, padre: que amanhã o senhor se junte de novo a nós, para passearmos de barco... e tirarmos esse pesadelo de nosso caminho, comemorando a volta de minha amiga Didi!

Antes de responder, Frei Garotão sorri para Jorge Virtual um pouco envergonhado.

– ... com uma condição, Jorge: que você pare de me chamar de padre. Tem algumas diferenças entre padre e frei e é complicado explicar, assim, em poucas palavras. Vamos dizer que padre é um frei que pode celebrar a missa, mas nem todos os freis são padres...

– Oxente! É complicado mesmo!

– Me chame de Frei Garotão... ou de Augusto, que é o meu nome.

– Tá combinado, Frei Augusto Garotão... mas só se o senhor voltar amanhã.

– Eu voltarei... eu voltarei...

Depois que todos se despedem de Frei Garotão, Jorge Virtual orienta Dona Preta para que ela leve o franciscano até o carro.

— Será um prazer!

Assim que saem da sala, Dona Preta sorri para Frei Garotão.

— Muito obrigada, Frei... pelo senhor ter colocado essas crianças em nosso caminho. O senhor não sabe o bem que elas fizeram ao Jorge, ao Richard... e a mim.

— Acho que todos nos ajudamos, Dona Preta. Obrigado pela senhora ter explicado para Ana Clara e Léo, de uma maneira tão clara, quem eram as duas crianças que eles encontraram nos banheiros.

— Elas contaram?

— Enquanto esperávamos a volta de Jorge da fazenda, batemos um longo e profundo papo.

— Desculpe, mas... o que o senhor disse a elas?

— Como assim?

— O senhor é um franciscano...

— Eu disse que o grande amor dos irmãos Santa Clara e São Francisco começou desde que ela recebeu a visita de uma imagem dele... uma aparição... como disse o Léo, um efeito especial.

— Eu não sabia disso.

— ... acho que em muito pouco tempo todos aprenderemos a incorporar os efeitos especiais em nosso cotidiano.

— Essa também é a minha opinião, Frei.

Dona Preta e Frei Garotão chegam ao carro.

— Axé, Frei Garotão!

— Amém, Dona Preta!

Ana Clara e Léo se recolhem para o quarto um pouco antes que Didi, sob protestos de Léo...

– Por quê, Ana? A noite tá linda.
– *Helloo*? Léo? Vamos deixar a Didi e o Jorge Virtual sozinhos.
– Foi mal.
... e também sob os protestos de Richard...
– ... é cedo, Ana!
Ana Clara abre um pouco mais os olhos grandes, para responder com um belo sorriso:
– Eu gosto de dormir cedo... até amanhã!
O quarto tem três camas de solteiro, bem confortáveis. Quando Didi entra no quarto, as luzes já estão apagadas. Mas é claro que Ana Clara e Léo estão esperando por ela acordados... muito acordados...
– Eu sabia que vocês iam estar me esperando! Enquanto Ana Clara e Léo se sentam na cama...
– Óbvio, Didi...
– ... ou você acha que nós acreditamos naquela sua história sonolenta?
Didi tranca a porta e se senta na cama de Ana Clara. Léo pula para a mesma cama.
– Vocês não sabem o que eu vi: uma coisa terrível...
... e Didi começa a contar, falando baixo, quase sussurrando, que, graças ao seu enjoo durante voos, assim que o helicóptero em que ela embarcou com os dois homens de terno cinza, os Metálicos, começou a voar, ela vomitou...
– ... provavelmente, com o meu vômito saiu o comprimido para dormir, que já começava a fazer efeito... e eu fiquei só um pouco sonolenta...
... mas Didi fingiu que adormeceu e pôde ouvir a conversa entre os Metálicos; e depois a conversa deles com duas mulheres de vestido escuro que a receberam na fazenda...

— Não enrola, Didi.
— Calma, Ana, deixa a Didi falar.
— Mas eu quero saber: quem eram esses caras, essas mulheres e o que eles queriam?
— Vocês não vão acreditar: são cientistas... que estavam sequestrando criadores de cultura popular: repentistas, artesões de berimbau, bordadeiras, escultores... percussionistas...
— Pra quê?
— Eles são malucos, eu acho... e querem descobrir e patentear o DNA do talento do povo brasileiro... para depois criarem seres talentosos em série... e venderem cápsulas de talento...
Ana Clara e Léo ficam arrepiados!
— ... e isso é possível?
Léo estranha a pergunta de Ana Clara.
— Se liga, Ana Clara! Nós somos as últimas pessoas deste planeta que podemos duvidar de alguma coisa.
— Tem razão... mas o que você tem a ver com tudo isso?
Didi também fica arrepiada!
— ... não faço a menor ideia... mas eu recebi, há algumas semanas, alguns *e-mails* com um remetente não identificado me mostrando o que estava acontecendo... que estavam começando a sumir os artesãos... e pedindo a minha ajuda... a pessoa sabia da compra da fazenda e dos objetivos dos cientistas... foi por isso, também, que eu resolvi vir antes para Salvador... antes de vir, sem comentar nada, eu fiz uma pequena investigação pela internet e com conhecidos meus baianos sobre o assunto... sobre a fazenda da pinga Enterrada Viva... sobre pesquisadores de DNA... devo ter esbarrado em alguém que se ligou que eu estava investigando e passei a ser grampeada... acho que foi assim que os

tais Metálicos, que trabalham para esses cientistas, ficaram sabendo sobre mim... sobre a minha vinda para Salvador...
Ana Clara lembra-se da mãe de santo.
– Será que a Dona Diolinda sabia de alguma coisa?
– Provavelmente... se não, ela não teria sido raptada nem nos dado o aviso.
– Será que era ela quem mandava os *e-mails* secretos?
– Não sei.
– Ela tentou nos avisar de pelo menos duas maneiras: por telefone e pelos mensageiros dos orixás.
– Tem mais gente sabendo sobre os Metálicos... mas está todo mundo com medo de dizer alguma coisa e sumir... ou de ninguém acreditar, sei lá...
– Será que foi Dona Diolinda quem espalhou as garrafas da cachaça Enterrada Viva pelo centro histórico?
– Não faço a menor ideia.
– Os caras fizeram alguma coisa com você?
– Nem me tocaram, Léo... essa parte foi exatamente como eu falei para o Comandante Silva.
– Será que mais algum dos artesãos ouviu alguma coisa?
– Eu acho que não, Ana.
– Por que você não falou isso tudo para a polícia?
– Eu não tenho como provar... ainda que tivesse, você acha que eles iam acreditar?
– E a Mônica, sabe de alguma coisa?
– Não faz nem ideia... quando eu liguei pra ela, agora há pouco, Mônica me disse que vocês ficaram com medo dela... e fugiram... que coisa feia!
– Ela mente o nome, Didi.
– Eu sei, Ana. O nome dela é Fátima Isaura.
– Pode ser que ela seja cúmplice dos...
– Não se iluda, Léo. Mônica mente o nome porque ela

morre de vergonha dele... não sei por quê. Dois nomes tão bonitos!

Léo sente um alívio!

– *Yees*! Então, nós ajudamos a livrar o Brasil de uma coisa terrível...

– Não sei, não!

Léo e Didi olham para Ana Clara de um jeito um tanto quanto enigmático. Didi tenta tranquilizar Ana Clara.

– Esses caras não voltarão, Ana.

Parece que Ana Clara não concorda totalmente com Didi...

– ... podem não voltar aqui, mas o Brasil é grande...

... nem Léo...

– ... e o talento dos artistas brasileiros, maior ainda.

Didi tenta tranquilizar a si mesma, fingindo uma segurança que nem de perto ela está sentindo.

– ... mas isso é outra história.

Ana Clara confere a fitinha verde do Nosso Senhor do Bonfim amarrada em seu pulso esquerdo e concorda...

– É, Didi... isso é outra história.

... Léo confere a fitinha amarela do Nosso Senhor do Bonfim amarrada em seu pulso direito e também concorda...

– ... outra história...

SOBRE O AUTOR

Toni Brandão já vendeu mais de 1 milhão e meio de exemplares. Ele é um dos poucos autores multimídia do Brasil, com projetos de sucesso em literatura, teatro, cinema, internet e televisão. Seus projetos aliam qualidade, reflexão e entretenimento.

Suas obras discutem de maneira clara, bem-humorada e reflexiva temas próprios para os leitores pré-adolescentes e jovens.

Toni ganhou prêmios importantes, como o da APCA (Associação Paulista de Críticos de Arte), o Mambembe e o Coca-Cola. Entre seus livros mais vendidos estão: *Cuidado: garoto apaixonado*, *O garoto verde*, *Os Recicláveis!* e *Perdido na Amazônia*.

Alguns títulos de Toni já estão fazendo carreira internacional em Portugal e em países de língua espanhola.

Conheça o site de Toni Brandão: www.tonibrandao.com.br.

Este livro foi produzido em 2016 pelo IBEP.
A tipologia usada foi a Clearface
e o papel utilizado, offset 75 g.